Les Baisers d'Irène

Jean-Luc VALLEGEAS

Les baisers d'Irène

En application de l'art. L.137-2.-I. du code de la propriété intellectuelle, toute reproduction et/ou divulgation de parties de l'oeuvre dépassant le volume prévu par la loi est expressément interdite.

© Jean-Luc Vallégeas, 2025
Illustrations et couverture de l'auteur.

Édition : BoD · Books on Demand, 31 avenue Saint-Rémy, 57600 Forbach, bod@bod.fr
Impression : Libri Plureos GmbH, Friedensallee 273, 22763 Hamburg (Allemagne)

Impression à la demande
ISBN : 978-2-3225-6068-4
Dépôt légal : Février 2025

« *Il est drôle de constater quelle place tient la question de durabilité des ouvrages dans l'esprit des artistes aujourd'hui, ce que l'art implique d'ivresse s'accorde-t-il avec de telles inhibitions ? Beaucoup de peintres s'appliquent à des œuvres insipides mais durables.* »

Jean Dubuffet

I

Scène ou échafaud ?

Chantera, chantera pas ?

Nickoll, le dernier retour ?

Tout le monde ne parlait que de ça, partout, à la télé et dans les journaux, et surtout sur les réseaux sociaux. Le chanteur Nickoll allait-il se faire descendre en direct ?

Tout le monde ne parlait que de ça sauf moi qui ne pensais qu'à peindre.

II

Vanessa avait aligné deux tableaux par terre contre un des murs de la galerie. Le premier était puissant, des coulures exprimaient une rapidité d'exécution. Il y avait du Soutine là-dedans, des morceaux de toiles rajoutés et des bouts de carton ondulé s'incrustaient et se confondaient avec la matière. L'énergie était flagrante, sans repentir, sculptée dans le frais à coups de couteaux et de manches de pinceaux. La substance triturée prévalait sur le choix du sujet, quelque chose de primitif se dégageait des rouges cerclés de noirs. On aurait dit du vieux cuir aux couleurs brunes et boucanées. Le second tableau était simplement beau, on reconnaissait pourtant la même patte.

Je regardais calmement ces deux toiles que j'avais peintes. Entre les deux, quelques cures de désintox avaient œuvré. Personne ne s'était jamais douté en me voyant que j'étais bouffé de l'intérieur. L'angoisse me rongeait, une vague angoisse générale faite de petites angoisses particulières - il suffisait d'un rien pour les déclencher. Les particulières anonymes sont les pires, elles attendent tapies dans l'ombre le moindre prétexte pour bondir. À l'affût, dissimulées, cagoulées, sans visage ni motif apparent elles surgissent.

Monsieur Berron, silencieux, m'observait en fumant un cigarillo. Il était amateur d'art et suivait mon travail depuis longtemps. Il comparait les deux toiles et les deux époques qui les séparaient.

– La deuxième toile est moins puissante, effectivement, dit Vanessa, mais l'habileté et la palette ne trompent pas, on voit bien que ces deux toiles ont été peintes par le même artiste.

– Oui, c'est une belle toile, affirma monsieur Berron, je vais l'acheter, comme ça j'aurai les deux époques. J'aime toujours autant ce que vous faites, Monsieur Lapochade, dit-il en me regardant, mais je ne vous cache pas que je préférais de loin ce que vous peigniez avant, c'était nettement plus habité.

Il regarda d'autres tableaux restés en retrait et ajouta :

— Ils sont tous très beaux, mais je reste sur mon premier choix, je prends celui-là même si le bleu n'est pas ma couleur préférée.

— Cette toile évoque l'océan, dis-je en me penchant à la hauteur du tableau pour le décrire.

Une ligne d'horizon séparait la toile en deux parties égales, en haut un ciel vague parsemé d'oiseaux et en bas un sol rougeâtre comme une plage derrière des rochers. Un filet orange oublié servait de premier plan.

— J'ai besoin de peindre des choses plus figuratives qu'avant, mais ça ne veut pas dire que j'ai changé de style.

— Ne vous justifiez pas, me dit Berron. Si je n'aimais pas votre nouvelle peinture je ne l'achèterais pas, votre virage artistique est assez déroutant, c'est tout, mais comme dit mademoiselle Vanessa on vous reconnaît malgré tout.

— Tant mieux, dis-je sur un ton inutilement agacé.

Je préférais me taire et laisser Vanessa parler à ma place, c'était elle la galeriste, c'était à elle de vendre. Il était très rare que les peintres soient là pendant les ventes ; les galeristes ne présentent pas les clients aux peintres de peur que les transactions se fassent dans leur dos et qu'ils perdent leur pourcentage. Vanessa prendrait 50 % et me verserait 50 %.

Je n'étais pas en position d'exiger quoi que ce soit. Je m'étais absenté depuis si longtemps sans donner aucun signe de vie. Lorsqu'elle m'avait vu revenir, Vanessa ne m'avait posé aucune question. Je m'étais assis face à elle devant une tasse de thé sans évoquer mes addictions. J'aurais pu lui dire que je n'avais pas vu que des peintres pendant mes cures, mais à quoi bon me justifier encore. Ce jour-là j'étais juste venu livrer ma toute nouvelle production et c'était un hasard que Berron soit là. J'étais passablement agacé par sa présence, j'avais déjà à mon goût trop parlé et parler peinture c'est s'en éloigner. Parler peinture c'est parler pour ne rien dire. Parler peinture c'est aussi prendre le risque de voir ressurgir mon passé et toutes les angoisses qui l'accompagnent.

J'avais pris beaucoup trop de risques et de libertés en bousculant les procédés classiques de la peinture à l'huile, je n'avais respecté aucune des règles de l'élaboration d'un tableau. J'achevais même mes toiles avec des encres noires de sérigraphie. Le résultat était si puissant que je me laissais emporter par l'euphorie au détriment de tout académisme et de toute raison. La conservation de mes premières toiles était en jeu et me rongeait comme un cancer qui je le savais, allait finir par se déclarer. Je me suis acharné à peindre à l'huile alors que l'acrylique aurait correspondu à mes attentes et qu'elle m'aurait évité bien des tourments. Lorsque les premières galeries m'ont ouvert leurs portes, je n'en mesurais pas les possibles conséquences à moyen et long terme. Je peignais dans le court terme. Une fois ou deux quelques galeristes avaient émis des doutes sur la consistance et la solidité de ma peinture.

Je buvais. Vivre vite, mourir jeune et faire un beau cadavre aurait à mes yeux tout justifié. Ma peinture était comme moi, suicidaire et pourtant je la vendais, ou plutôt c'était les gens qui me l'achetaient.

Combien de temps mes tableaux vont-ils tenir ? Certaines nuits j'imaginais sous mes fenêtres une horde de clients mécontents vociférant et me demandant de les rembourser. Mais comment rembourser tout ce monde ?

J'aurais dû partager mes doutes au moins avec Vanessa qui était devenue ma galeriste attitrée. J'aurais dû lui dire que je ne savais pas peindre et que je peignais en ne respectant rien de l'élaboration chimique de mes œuvres, mais étaler mon improbabilité artistique c'était admettre mon improbable existence.

Tout à l'heure, avant l'arrivée de Berron, j'avais minutieusement scruté le tableau « ancienne époque ». Celui peint à la peinture à l'huile, rien, aucune craquelure, aucune crevasse ni aucune pourriture ne laissait présager une quelconque détérioration. L'œuvre n'avait pas bougé derrière sa vitre de protection. Les papiers torturés, brûlés, déchirés semblaient solides mélangés à la peinture. L'encre de sérigraphie que je pensais néfaste n'avait phagocyté aucune couleur alentour. Et puis, Berron n'était-il pas la preuve vivante que mes inquiétudes n'étaient sûrement pas fondées ? Il ne s'était pas plaint des tableaux qu'il avait achetés autrefois chez Vanessa, et en plus il en achetait à nouveau aujourd'hui.

Devant les deux époques de ma peinture, Vanessa avait vu l'opposition entre Dionysos et Apollon. Fallait s'y attendre. Vanessa Peletier avait étudié l'histoire de l'Art entre Paris et les États-Unis, une fille aussi belle qu'autoritaire superbement perchée sur des jambes interminables. Sa famille avait tenu un troquet rue Didot où Giacometti et son frère Diego venaient boire leur café. C'était une fille du XIVe arrondissement de Paris. Elle avait repris et modernisé la galerie d'art de son père. Avec moi la mayonnaise avait pris tout de suite. Je m'étais pointé un soir à la galerie, passablement éméché, avec des toiles sous le bras. « Laissez-les-moi et repassez demain. » C'était bien sûr bon signe. Le lendemain elle me demanda d'en apporter d'autres encore sans me poser véritablement de questions sur ma technique. C'était une avant-gardiste, sans elle beaucoup de peintres n'auraient pas existé.

Si elle donnait sa confiance à quelqu'un c'était du sérieux. Elle aimait les peintres à condition qu'ils peignent. Elle se montrait indulgente et compréhensive devant leurs doutes et leurs états d'âme connaissant leurs difficultés financières. Une seule chose l'agaçait par-dessus tout, le manque d'humilité. Plus d'une fois elle avait rabroué quelques artistes en manque de gloire et de reconnaissance qui ne comprenaient pas le désintérêt flagrant dont faisaient preuve les gens devant leur génie auto-proclamé.

– Vous me faites un prix, mademoiselle Peletier ? demanda Berron.

– *Of course,* dit Vanessa.

Elle se dirigea vers son bureau pour rédiger l'acte de vente en me demandant d'emballer le tableau dans du papier bulle. Le bruit du scotch que je déroulais me rappelait l'ambiance des salons d'art quand je vendais mes toiles. Je devrais plutôt dire quand je les bradais pour boire. L'argent repartait dans les bars. J'aimais la dernière bière quand l'ivresse me réchauffait les oreilles à l'heure des brumes matinales de la Tour Eiffel. Je rentrais à l'atelier pour m'écrouler dans mon fauteuil en cuir pelé, encore emmitouflé dans mon manteau. Mais un peintre ça ne cuve pas. Ça attend. Ça attend le prochain tableau qui passera sur le quai frileux et embrumé du petit matin. Quelle que soit l'heure le tableau viendra, emporté et peuplé par la mémoire d'illustres voyageurs. Van Gogh, Gauguin, et tous les autres jusqu'aux prochaines escales où leurs frères contemporains monteront à leur tour.

Berron venait d'allumer un autre cigarillo en toussant. Il se dirigea vers moi d'un pas enjoué pour me tendre une poignée de main franche et amicale.

– Vous êtes un peintre, monsieur Lapochade, me dit-il, à bientôt j'espère. Prenez soin de vous.

Il s'éloigna avec sous le bras son tableau bleu dont on apercevait l'océan à travers le papier bulle.

– Ils sont tous très beaux !

Il referma la porte dans une dernière bouffée de fumée.

– C'est bien, Lulu, me dit Vanessa, en indiquant le chèque posé sur le coin de son bureau et en ouvrant une fenêtre côté cour.

– C'est ma première vente depuis bien longtemps, dis-je.

– Pourquoi tu ne mets plus du tout de noir dans tes tableaux, Lulu ?

– J'ai éclairci ma palette.

– Oui, je vois bien, j'ai bien compris, mais ton noir me manque, tes noirs me manquent, ils étaient ta signature, ta marque de fabrique, les gens s'en souviennent, ça va les surprendre de ne plus les voir.

– J'ai changé, Vanessa.

— Il a raison Berron, ton virage artistique est surprenant. J'aime aussi ta nouvelle peinture, mais la prochaine fois remets du noir, t'as qu'à te dire que c'est comme au théâtre, prends du recul, dis-toi que tu joues juste un rôle sur tes tableaux, tu n'es qu'un personnage qui peint et, s'il te plaît, remets-moi du « noir Lapochade ».

Elle raccrocha le tableau à l'huile sur sa cimaise à la place fixe qui lui était réservée dans un coin intime et sombre de la galerie, presque à l'abri du regard des clients et pourtant beaucoup ont voulu le lui acheter. Ce tableau n'était plus à vendre, il lui appartenait, je le lui avais offert autrefois. C'était la seule toile qui montrait mon ancienne peinture. Cette place me convenait, j'étais moi aussi un homme de l'ombre. Je sais pourquoi aujourd'hui je pensais qu'il y avait trop de lumière dans les galeries, je ne voulais pas qu'on voie ma peinture. Étrange paradoxe pour un peintre qui a besoin de montrer son travail pour vendre. Je n'étais pas mort et ma peinture semblait tenir. Lulu Lapochade, que de doutes encore sûrement inutiles !

Vanessa recula de quelques mètres, croisa les bras et déclara : c'est vrai que ta peinture était puissante, tes noirs étaient magnifiques, Lulu !

Je la saluai en pensant qu'elle était là pour vendre après tout. Vendre des tableaux était son métier et mon ancienne peinture se vendait très bien.

Dionysos, dieu de la démesure, des excès et de l'ivresse, Apollon, dieu de la raison. L'ivresse, je l'ai payée cash, hachures spectrales, fantomatiques zébrures, dégoulinures d'encre pure, autant de noires cicatrices sur mes toiles.

Chez moi, pas d'esquisse, pas d'ébauche. Juste une exécution.

Je saluai une dernière fois Vanessa à travers la vitrine et longeai l'avenue du Maine en levant les yeux vers la tour Montparnasse. J'aurais aimé passer par le cimetière, mais il était déjà tard. Je pris sur la droite, j'allais entamer à la louche les 296 mètres de long de la rue de la Gaîté jusqu'au boulevard Edgar Quinet. Je sais que la rue mesure 296 mètres, je suis allé voir sur le net. Depuis ma cellule, j'ai accès à Internet. La rue de la Gaîté c'est cette rue qu'on appelait autrefois la rue de la Joie quand elle échappait aux taxes alors qu'elle n'était qu'un chemin de terre. On y dansait et on y buvait entre les moulins à l'extérieur de la barrière fiscale.

Je n'étais pas repassé par là depuis plus de quatre ans. Quatre ans, le temps de mes cures.

III

Je m'engageai dans l'impasse de la Gaîté et sûr de moi, comme si les années n'étaient pas passées, je me dirigeai vers les boxes à louer. À la dernière porte le nom de Martinez était toujours inscrit derrière la grosse vitre décorée de fer forgé. Je sonnai et attendis un petit moment et faillis repartir quand la porte s'ouvrit. C'était une femme que je n'avais jamais vue qui m'accueillait.

— Il est là, Martinez ? demandai-je.

— Non, vous êtes Lulu, c'est ça ?

— Oui, je suis Lulu.

Elle passa devant moi en relevant son col pour se protéger de la pluie fine et pénétrante en m'invitant à la suivre. C'était Irène, c'était la première fois que je la voyais, je me serais souvenu d'elle si je l'avais déjà rencontrée.

– On va chez Marcel, dit-elle, Martinez y passe toutes ses soirées.

– J'aurais dû m'en douter... En tout cas je suis ravi d'apprendre que Marcel a toujours son bar.

En me mettant à suivre cette fille ce soir-là je déclenchais un compte à rebours, je commençais à vivre mes derniers moments de liberté. Ce que je regrette le plus aujourd'hui c'est de ne pas avoir planté plus souvent mon chevalet dans Paris pour peindre les monuments, les jardins et les boulevards. Je me suis obstiné à peindre des choses abstraites durant des années alors que je n'avais qu'à ouvrir un peu plus les yeux pour peindre ce que je voyais devant moi, et non pas ce que je croyais savoir à l'intérieur de moi.

À peine entrés dans le bar, elle et moi, une voix familière s'exclama en me voyant :

– Lapochade ! C'est pas possible ! Un revenant ! Ils t'ont laissé sortir ou tu t'es échappé ?

C'était Martinez, une espèce d'armoire à glace bancale et verrouillée, une carcasse difficile à soulever et à pendre soit dit en passant, même avec la colère et l'énergie du désespoir. Martinez avec son éternelle veste en velours sur le dos et son vieux jeans rapiécé au genou. Fallait pas que je m'attende à un accueil plus chaleureux, je lui avais prouvé toutes ces dernières années que je pouvais me passer de lui.

— Merci pour l'accueil, Martinez, ça fait plaisir, dis-je. Bonsoir Marcel !

— Salut Lulu, content de te voir, répondit Marcel. Tu es de retour parmi nous ?

— Non, pas vraiment, je suis juste venu livrer quelques toiles à ma galeriste.

— Et tu t'es souvenu de nous ? T'as vu de la lumière et t'es entré ? ajouta Martinez.

Marcel disparut derrière son comptoir.

— Tu veux un verre ? insista Martinez. Il avait bu, je le connaissais par cœur, je connaissais ses manies et ses tics de langage quand il était bourré.

— Non, merci...

— Alors c'est vrai ce qu'on dit, Lulu ? T'as complètement décroché, plus une goutte ?

— Plus une goutte, depuis au moins quatre ans.

Martinez prit Irène par le bras.

— Je te présente Irène . Tu sais, Lulu, j'ai vraiment cru que tu étais mort à un moment donné. Plus rien, plus une nouvelle, même pas un coup de fil de temps en temps.

— Je me suis reposé.

— Oui je vois ça, t'as plutôt l'air en forme depuis le temps. Et la peinture alors, t'en es où ? Je suppose que tu continues ?

– Oui, je peins toujours mais pas comme avant, j'ai abandonné la peinture à l'huile, je me suis mis à l'acrylique.

– Ah ça au moins c'est une bonne nouvelle, ça fait longtemps que je t'ai dit de passer à l'acrylique, l'huile c'était pas fait pour toi, tu empâtes trop. L'huile c'est pas fait pour tes bricolages et tes bidouillages artistiques. Pour les types comme toi, Lulu, il y a la peinture à l'eau, au moins tu peux colorier et coller tes coquillages et tes filets à pomme de terre et tous tes autres trucs des loisirs créatifs.

Il commanda une autre bière.

– C'est la dernière, lui dit Marcel. Le dernier verre pour ce soir !

– Je sais, je sais, je m'enfile celui-là et après on dégage. Tu fais quoi, Lulu, après, tu viens boire un coup à la maison ? J'ai du café.

– OK, pourquoi pas.

– Ça fait combien de temps ? Quatre ans ? Cinq ans ?

– 1460 jours.

Nous sortîmes sous une pluie battante. Martinez avait pris les devants comme un conquérant et me parlait par-dessus son épaule. Je suivais, j'étais derrière, comme avant mais celui que je suivais ce soir-là avait perdu de sa superbe. Son catogan avait jauni, le blanc était passé. La désinvolture artistique sied à la jeunesse mais passé un certain âge la décrépitude auréole les has-been. Les grands, les vrais, laissent leur grandeur à l'atelier pour ne sortir que leur humble personne. Inutile d'en rajouter, ça va, tout le monde sait ici que t'es un peintre, Martinez, sûrement même le meilleur d'entre nous tous, mais ta chemise pleine de peinture est aussi sale que ton sourire plein de lassitude. Mais oui je sais, c'est moi qui suis venu sonner à ta porte ce soir, c'est moi qui suis venu sur ton territoire. Il paraît que l'assassin revient toujours sur les lieux de son crime même s'il ne l'a pas encore commis. La fille à ton bras chante la vie alors que toi tu traînes déjà la cape d'une mort annoncée. Irène n'avait rien d'une quantité négligeable, contrairement à ce que voulait faire croire Martinez. C'est juste qu'il l'écrasait, il ne lui laissait aucune place. Il allait jusqu'à lui imposer sa façon de s'habiller, sombre, sans couleur, étrange choix pour un peintre. Il l'étouffait par tous les moyens, mais elle gardait de la lumière dans ses yeux et ça il ne pouvait pas l'éteindre et tout le monde le voyait. Je crois qu'aucun peintre n'aurait pu éterniser sa beauté naturelle.

Nous passâmes devant la Comédie italienne et entrâmes dans une épicerie éclairée comme un hall de gare. Martinez parlait fort pour monopoliser l'attention, à peine revu il m'agaçait déjà, pourtant je dois admettre qu'il était ce genre de type que l'on remarque partout où il passe. Autrefois il y avait eu une fille entre nous, j'en avais été raide dingue amoureux, mais c'est lui qui l'avait eue comme un vulgaire trophée de plus parmi ses innombrables conquêtes. J'avais souffert en silence. Beaucoup souffert. Beaucoup trop.

IV

Martinez pestait. La canette tiède qu'il venait d'ouvrir dégueulait de la mousse partout. Irène me regardait, je n'avais pas encore vraiment entendu le son de sa voix.

— Il est bien bourré, dis-je.

— Non, ça va, c'est rien, il tient encore debout, dit-elle. Il est à peine saoul.

— Je sais, je le connais, il ne m'a pas encore parlé de Kurt Cobain mais j'aurais pas dû passer ce soir, je suis passé un peu par hasard.

— Non, tu n'es pas venu par hasard, il n'y a pas de hasard.

— Peut-être, mais comme j'étais dans le coin je me suis dit que ça me ferait plaisir de le revoir.

— Dans cinq minutes il ira mieux. Il va aller s'allonger sur son canapé dans le couloir en revenant des toilettes et après quand il aura récupéré il reviendra. En tout cas je suis contente de te rencontrer Lulu, j'ai souvent entendu parler de toi.

Je n'avais pas envie de répondre, j'attendais surtout que Martinez revienne, Irène avait raison, il s'était allongé sur son canapé dans le long couloir qui allait à son atelier. Il récupérait avant de prendre une autre charge. Il y avait bien longtemps que je ne me posais plus la question de savoir pourquoi il y avait autant d'alcoolos chez les peintres. Peut-être que la réconciliation du sensible et de l'intelligible qui les hisse vers le divin leur donne le vertige. Les hommes ne doivent pas être faits pour rencontrer Dieu et à trop tenter le diable les peintres finissent en enfer.

– Je suis solastalgique, m'annonça Irène.

– C'est quoi ? demandai-je.

– C'est de l'éco-anxiété, je souffre d'éco-anxiété ou comme le dirait si bien Martinez je suis écolo-dépressive. L'état du monde me bouleverse, l'état de la planète, la fonte des glaciers, la mort des abeilles et tout le reste.

Je l'écoutais. Elle ajouta :

– Tu vas aller au concert de Nickoll ?

– Non, c'est quand ?

– Après-demain, au Stade de France.

– Je serai reparti, je repars demain.

– Ça ne t'intéresse pas de savoir ce qu'il va lui arriver à Nickoll ?

– Si, sûrement, ça intéresse tout le monde de savoir s'il va chanter où pas.

– Tu ferais quoi, toi, Lulu ? Tu chanterais à sa place ?

– Je sais pas, je crois que j'aurais peur de mourir.

– Moi non, moi je chanterais, par les temps qui courent je chanterais parce qu'il vaut mieux mourir d'une balle de kalachnikov tirée par un sniper plutôt que de mourir du réchauffement climatique ou de la malbouffe ou des virus ou de la solitude. Je chanterais « Pomme de reinette et pomme d'api » avec conviction, je donnerais mon dernier concert. Je chanterais et j'y mettrais tout mon cœur devant la foule en liesse encerclée par les C.R.S et survolée par les drones. Je donnerais ce spectacle de la paix, l'ultime concert inutile et vain de la réconciliation entre les hommes. J'offrirais ma vie pour mourir pour quelque chose plutôt que de vivre pour rien. Moi je chanterais, Lulu, à la place de Nickoll, et la tête haute en plus puisque de toute façon tout est voué à disparaître, même nous, surtout nous !

Martinez revint vers nous et s'adressa à moi, sans se soucier d'Irène.

– Il faut souffrir pour être un bon peintre, pas vrai Lulu !

Je ne répondis pas et me levai à mon tour, prétextant un besoin d'aller aux toilettes. J'empruntai le long couloir sombre et vert encore plus délabré que dans mes souvenirs. Des bouts de plafond entiers avaient disparu en emportant les moulures avec eux. Une ampoule électrique pendue et froide diffusait une lumière poussiéreuse. Par terre des chemises usées s'amoncelaient sur un pardessus en cuir taché de peinture. Des chaussures, un chapeau, un vieux parapluie noir, que des affaires d'homme, des affaires oubliées et négligées, oubliées par Martinez, abandonnées là. Aucun vêtement de femme ne traînait là. Seul le portrait de la mère Martinez trônait au milieu du couloir, redoutable d'autorité silencieuse. La mère Martinez, une bonne femme qui donnait autrefois à manger aux pigeons parce que les pigeons, c'est bien connu, c'est mieux que les humains. Une veuve acariâtre pour laquelle le monde devenait étranger et hostile au-delà du périmètre de ses jupons desquels elle n'avait jamais libéré son unique rejeton. Je l'avais connue, elle avait toujours été vieille et veuve, ou peut-être avait-elle toujours été morte.

L'univers dans lequel j'avançais aurait pu être fascinant pour des enfants, ils auraient pu s'y cacher dans la lumière triste. Quelque chose d'étrangement réconfortant se dégageait des meubles massifs dont la lourdeur attestait une décision pérenne de vivre ici. Le long couloir desservait des pièces aux portes fermées avant d'aboutir triomphal à une cour intérieure couverte par un dôme en verre encombré de feuilles mortes.

J'entrebâillai les portes, aucune n'était fermée à clef. Du temps où la mère Martinez vivait, personne ne venait jusqu'ici. En cas de besoin on utilisait les toilettes côté rue. Cette maison n'aurait demandé qu'à vivre, on aurait pu y jouer à cache-cache et faire des cabanes avec les casiers en bois dans la cour où il ne pleuvait jamais. Mais les adultes dont la mère Martinez faisait partie en avaient décidé autrement, même morts. Alors certains gamins comme Martinez avaient rencontré l'art très tôt, cela avait été leur seul et unique moyen de se réfugier et d'échapper au monde des grands.

J'ai poussé la porte de l'atelier le cœur battant. J'étais comme un enfant qui joue avec les interdits, je savais que Martinez n'était pas loin, il n'aurait pas supporté cette intrusion. Je m'étonnais même qu'il m'ait laissé venir jusqu'ici, je me dis aujourd'hui avec du recul qu'il m'a laissé faire. Il fallait que je voie ce qu'était devenu sa peinture, il fallait que je voie s'il peignait toujours, mais ça je le savais, je savais qu'il peignait toujours, je l'avais compris dans ses yeux tout à l'heure chez Marcel quand nos regards s'étaient croisés.

En poussant la porte, ses toiles m'ont sauté au visage, ou peut-être est-ce moi qui ai été aspiré par leur profondeur. Je ne m'attendais pas à un tel spectacle, c'était grandiose. Il avait peint le printemps, ou plutôt UN printemps. Rien à voir avec le japonisme florissant et bourgeonnant des peintres impressionnistes, rien de comparable avec les saules, les nymphéas, les pivoines ou les iris du jardin de Giverny de Monet ou les amandiers en fleurs de Van Gogh peints à Saint Rémy. Nos yeux demandent toujours à notre mémoire de trouver des repères rassurants dans les tableaux dès qu'ils sont un peu abstraits alors qu'il faut faire l'inverse, il ne faut pas se souvenir mais ressentir une émotion neuve.

Devant les toiles de Martinez je n'ai rien vu, je n'ai pas cherché à comprendre non plus, j'ai juste reçu de plein fouet un vent de couleurs nouvelles aussi simples qu'évidentes. Il avait épuré et s'était débarrassé de nos passés superflus qui encombrent trop souvent nos yeux. Il n'avait rien demandé à la mémoire et s'était foutu tout autant de l'avenir. Sa peinture allait traverser le temps comme une évidence, on parlerait d'elle pendant longtemps, très longtemps, je l'ai tout de suite compris.

Je voyais et comprenais en regardant les bouteilles de térébenthine vides par terre et les tubes de peinture racornis et desséchés qu'il travaillait sur ce projet depuis longtemps. Tous les châssis avaient été entoilés et utilisés. Vu la grandeur des formats, Martinez avait dû les assembler et tendre les toiles lui-même, ça ne serait pas passé par la porte autrement. Je connais ces moments de joie et de conviction quand on fait soi-même les supports sur lesquels on va peindre. C'est comme si on façonnait la route sur laquelle on va rouler d'un bout à l'autre du voyage, sans signalisation ni interdit, sans aucune limitation. Ce voyage-là on le fait seul les fenêtres grandes ouvertes en chantant à tue-tête en regardant défiler le paysage de la création. Le conducteur est seul et heureux de l'être, il ne s'arrêtera pas et aucun passager ne pourra monter. L'ivresse de cette vitesse-là ne se partage pas et si au bout de la route il n'y avait qu'un précipice après tout ? Ni toi ni moi, Martinez, n'aurait pu être le passager de l'autre, on n'allait pas dans la même direction et surtout on voulait garder les commandes.

Il avait peint durant toutes ces dernières années sans fioriture des lignes courbes et élégantes en évitant d'inutiles et de prétentieux empâtements. Il avait peint sans résistance des transparences colorées dans des gestes qui dansaient encore sur les toiles. J'ai reçu sa lumière comme une agression alors que j'aurais dû me laisser guider par elle. Sa peinture était devenue intemporelle, les critiques d'art ne s'y étaient pas trompés, ils avaient parlé de génie et avaient prévu toute une série d'articles et d'expositions sur la scène internationale. Martinez s'était hissé parmi les grands. Peindre des branches d'arbres fleuries et entrelacées sur des bleu ciel profonds aurait pu avoir un goût de déjà vu, mais il avait peint un nouveau printemps, celui qu'il entrevoyait en nous et que nous avions tous à partager. Les grands peintres savent que c'est quand il n'y a plus d'espoir qu'il faut peindre, la lueur de nos soleils passés ne les aveugle pas, la lumière en eux est déjà la promesse de nos lendemains.

Une nuit de pleine lune où nous nous étions fait enfermer tous les deux dans le cimetière Montparnasse, il m'avait parlé de son expérience avec la mort. Pudiquement, il m'avait raconté qu'il avait voulu fuir la vie et qu'il lui semblait avoir ressenti le froid glacial de l'au-delà, il était arrivé à ce moment où tout peut basculer, il était arrivé à cette fraction de seconde où le choix de ne plus vivre l'emporte. Il avait levé les yeux vers les poutres du plafond de son atelier et il avait vu une lumière. Il ne saura jamais quelle part a joué son imagination à ce moment-là, il ne saura jamais si son alcoolisation lui faisait prendre des vessies pour des lanternes. Il avait regardé la corde sans aucune émotion, tendue comme un point d'exclamation qui ne ponctuait que le néant. Il m'avait dit qu'il avait toujours gardé cette corde dans un coin de son atelier, comme une piqûre de rappel pour se souvenir que nous ne sommes rien finalement. On peut choisir de disparaître du jour au lendemain, nous avons le choix de vivre ou pas. Le froid glacial n'était pas celui de la mort, mais celui de la vie qu'il voulait quitter. La vie est tellement triste quand on ne veut plus d'elle. Cette lumière dont il m'avait parlé, je crois bien aujourd'hui que c'était celle qui éclairait le printemps de ses tableaux.

Une nuit, les étoiles nous avaient demandé de les peindre, mais il faisait nuit et nous n'avions pas notre matériel avec nous. Elles nous ont dit que ce n'était pas grave et qu'on avait qu'à les peindre demain. Alors demain on s'est mis à peindre les étoiles, mais le soleil nous a demandé pourquoi on peignait les étoiles. Alors on a dit au soleil que les étoiles nous avaient demandé de les peindre et il nous a dit que ce n'était pas le bon moment et que comme il faisait jour c'est lui qu'on devait peindre. On a posé nos pinceaux et la nuit venue on a peint le soleil pour voir ce que diraient les étoiles. Elles nous ont dit que c'était elles qu'on devait peindre puisqu'il faisait nuit. Alors on a compris que si on peignait la lumière tout le monde serait content. Lui, Martinez, il y était arrivé, moi, Lulu, j'avais abandonné en chemin. Je sais, c'était pas une raison pour brûler toutes ses toiles. Martinez avait peint une lumière que ma jalousie ne pourra jamais éteindre.

Le sol de son atelier était jonché de petites études faites à la gouache, j'en ai récupéré une ou deux avant l'incendie. Le sol était un véritable kaléidoscope de tons bleus et blancs rehaussés de quelques facettes orangées. Matisse n'aurait pu qu'acquiescer et Maupassant aurait dit que la lumière faisait des taches de couleurs tellement belles par terre qu'on n'osait pas marcher dessus.

Peut-être que j'étais véritablement le seul à connaître les recherches de Martinez, moi qui avais peint autrefois avec lui, moi qui avais partagé ses doutes et ses émotions de peintre. Je parle de printemps et de lumière parce que c'est ce qu'il a peint. Un printemps intérieur.

Il avait évité de peindre en regardant par le trou de la couche d'ozone, il avait évité de catastropher ses pinceaux en les trempant dans la grisaille ambiante, il avait peint avec de la couleur tout simplement, loin des discours d'Irène et des réseaux sociaux, loin des télévisions alarmistes.

Même s'il avait été écrit « PEINDRE TUE » sur les tubes de peinture, il aurait peint quand même. Et nous aurions peint quand même.

V

Une amitié fraternelle nous avait unis. Notre véritable désaccord apparut avec l'élaboration de notre peinture. Lui, il peignait dans la fluidité des couleurs transparentes, tandis que moi j'empâtais. Il disait que je peignais comme un maçon avec mes truelles et je répondais que lui n'osait pas peindre, qu'il avait peur des couleurs et que c'était pour ça qu'il en mettait si peu, qu'il peignait avec radinerie tout comme il se comportait dans la vie. Il soutenait qu'il fallait souffrir pour être un bon peintre, moi je ne soutenais rien, je peignais. Il fera de la souffrance son fonds de commerce, il accentuera son alcoolisme pris à son propre piège.

Lorsque je revins dans le salon on aurait dit qu'il m'attendait. Il me dévisagea et me fit rougir jusqu'aux oreilles.

– Alors Lapochade ! me lança-t-il, ils t'ont plu mes tableaux ?

– Je suis désolé, ça a été plus fort que moi, il fallait que j'aille voir.

– Qui t'a autorisé à rentrer dans mon atelier, c'est pour ça que t'es venu ce soir, Lulu ? Pour voir ma peinture ?

– Non, je t'assure, Martinez, je passais dans le quartier.

Il ricana en prenant Irène à témoin. Elle était inquiète de la tournure que pouvaient prendre les événements, elle se pinçait les lèvres en nous dévisageant. Elle savait que Martinez pouvait entrer dans des colères noires.

– Alors, Lapochade ! Tu fais des cures ? Tu vois, moi je continue à boire. Les mecs comme nous, Lulu, ça se doit d'aller jusqu'au bout, je ne te demande même pas comment va ta peinture parce que je m'en doute, elle doit être saine, propre, aseptisée, anesthésiée, consensuelle, tout ce contre quoi on s'est toujours battus, toi et moi.

– J'ai eu un enfant, j'ai un fils, lançai-je comme pour me justifier.

Il me regarda et regarda Irène.

– Toi, Lulu, un fils ? Comment s'appelle-t-il ?

– Léo, il a trois ans.

Il baissa les yeux d'un air grave et dit tristement :

— C'est pour ça que t'es là ce soir, parce que tu t'es fait larguer, l'histoire de ton petit couple modèle n'a pas survécu à tes vieux démons et tu reviens à ta place, dans les bas-fonds, non seulement t'as perdu ton couple mais en plus t'as perdu ta peinture au passage. Je te plains, Lulu, sincèrement je te plains, tu n'es même plus peintre. Tu peux aller voir mes tableaux autant que tu veux, tu peux visiter mon atelier autant que tu veux, ça ne me dérange pas, ton regard ne m'intéresse plus.

— Tu es toujours aussi odieux, répondis-je.

— Non, Lulu, je vais juste au fond des choses. Et c'est qui la mère de ton fils ? Je la connais ?

— Non, Martinez, tu la connais pas.

— Et ton fils, tu as une photo ?

— Non, pas sur moi.

— C'est marrant, je te crois pas, je suis sûr que t'as une photo de lui sur toi.

— Si j'avais une photo de lui je te la montrerais pas, tu la salirais rien qu'en la regardant.

— OK, Lapochade, on va en rester là ! Mais tu dis que t'as pas bu depuis quatre ans, moi j'ai du mal à te croire, t'as bien dû replonger une fois ou deux sinon tu ne serais pas là ce soir à errer l'âme en peine dans Paris en essayant de voir si tu as encore des amis.

Il se leva dangereusement jusqu'à un petit tableau qu'il décrocha du mur. Dans ses grosses mains on aurait dit un timbre-poste. Il me le tendit.

– Tiens, Lulu, cadeau, c'est pour ton fils, je t'offre un Martinez, un vrai. Ne me dis pas merci, fais pas chier, tu sais très bien qu'on se reverra plus, toi et moi.

Avant de sortir je souris à Irène. Dans la rue la pluie s'était calmée. Je restai du même côté du trottoir pour aller saluer Marcel.

Tout allait pour le mieux en ce banal soir d'hiver, la ville s'apprêtait à passer encore un Noël au balcon égayée par le chant des oiseaux, depuis que les oiseaux du printemps chantaient en hiver. Il y a des balcons aux fers forgés si noirs et aux murs si blancs qu'il est difficile en les regardant de l'autre côté de la rue de ne pas avoir le vertige. Ce que je voulais c'était juste peindre.

Un groupe de badauds tentait d'apercevoir à travers la vitrine le charismatique Nickoll. Lui, encore lui. Ça faisait deux jours que j'étais à Paris et en deux jours je n'avais quasiment entendu parler que de lui. Je me rendais compte que j'étais bien au fond de ma campagne, sans télé ni radio, juste avec mes tableaux et mon Instagram pour poster mes photos.

Nickoll était assis et buvait un verre avec son légendaire guitariste aux riffs célèbres. Tous les deux, piliers du hard rock, répondaient aux questions d'une journaliste.

– Vous seriez prêts à mourir pour une chanson ? demanda la journaliste. Vous ne craignez pas les menaces de mort ?

– Je ne suis prêt à mourir ni pour une chanson ni pour autre chose, par contre je continuerai à vivre pour chanter la paix, que ça plaise ou non. Je vais chanter *Pomme de reinette et Pomme d'api.*

– C'est une déclaration de guerre ?

– Moi, je ne suis pas en guerre, même si certains sont en guerre contre moi. Moi, je suis en paix et c'est ça que je veux chanter. Je veux un gigantesque show comme on n'en a jamais vu au Stade de France. Je veux une scène centrale en forme de cloche aplatie se ramifiant en plusieurs tentacules terminés par des scènes secondaires, comme une grosse méduse vue du ciel. Le concert sera complètement découvert, pas de toit ni de fond et tout le back-line se fera en dessous, je ne veux que moi sur scène. Des grands mâts perceront le ciel pour y accrocher les projos et les écrans pour que tout le monde puisse voir. Un show retransmis dans le monde entier .

– Vous n'avez pas peur pour votre sécurité ?

— Bien malin qui pourra me descendre avec toute la sécurité mise en œuvre. La police sera partout dans la foule et les drones survoleront la scène. À part tirer d'un nuage, je ne vois pas où le sniper pourra s'installer.

Nickoll se fit apporter un autre verre aux reflets rougeâtres et signa prudemment quelques autographes. La police filtrait l'entrée du bar et fouillait les nouveaux arrivants. Marcel fit signe que je pouvais entrer. Mes yeux croisèrent rapidement ceux de Nickoll. C'était un peu étrange de le voir là, mais il n'était pas rare que des stars traînent dans le quartier et viennent se désaltérer chez Marcel. Ces derniers jours il paraît qu'on a aperçu la silhouette d'Elon Musk rasant les murs. J'avais été un fan de Nickoll moi aussi, fan de ses chansons autrefois. Je me souvenais des arpèges clairs et limpides comme des ruisseaux métalliques.

Il m'avait toujours semblé que la musique pouvait faire plus de miracles que la peinture, qu'elle ébranlait toutes les parties de notre être. Elle pouvait harmoniser toutes nos tristesses profondes en une seule note heureuse le temps d'une chanson. La musique nous réconciliait avec nous-mêmes et avec les autres. Nickoll aurait pu chanter dans une langue inconnue de tous, ça n'avait aucune importance, sa voix nous prenait et nous enrobait le temps d'un concert et la réconciliation était totale. Sa voix avait quelque chose d'universel et d'évident et c'était ça que certains voulaient faire taire. On voulait empêcher Nickoll de chanter pour empêcher les gens d'être heureux. On menaçait Nickoll de mort. C'était la première fois qu'on allait tuer un chanteur en direct devant toute une foule.

Moi, je n'ai jamais pu peindre en musique, la musique est trop puissante et m'entraîne vers les sentiments. Une fois, après un chagrin d'amour, il m'a fallu des années avant de pouvoir réécouter une chanson. Chaque fois que je l'entendais elle me brisait le cœur comme au jour de la rupture. Jamais un tableau ne m'a provoqué ça, les images sont plus lointaines et sont pleines de promesses. Les couleurs me parlent d'avenir en silence alors que les chansons d'amour me ramènent toujours à toi et à nos échecs. Je ne fuis pas, je m'éloigne simplement vers moi-même. Quand j'entends la voix de Nickoll j'ai envie d'aimer alors que quand je vois la peinture sur ma palette j'ai envie de créer. C'est sûrement pour ça que beaucoup de gens ne peuvent pas rester seuls, ils écoutent trop le monde extérieur au lieu d'aller voir au fond d'eux.

— C'est génial, disaient certains, si on descend Nickoll !

— C'est scandaleux ! hurlaient d'autres. Il devrait s'abstenir de chanter, combien ça va encore nous coûter tout ça ?

— Non, il doit chanter, chanter c'est résister.

— Il n'a qu'à faire chanter son hologramme, tout le monde sera content et n'y verra que du feu.

– Alors ça y est, tu t'es débarrassé de Martinez ? me demanda Marcel.

– Oui, il est chez lui avec Irène.

– Tu l'as trouvé comment ?

– Comme avant, toujours le même, il a pas changé.

– Ça c'est sûr qu'il a pas changé, avant il buvait et maintenant il se détruit et il détruit Irène avec lui. Ma femme ne veut même plus que je les serve, ils sont grillés dans tous les bars du quartier, il a foutu le bordel partout sans compter les fois où il a fini au commissariat. On est allés le chercher plus d'une fois avec Irène.

– Pourquoi elle reste avec lui ?

– Va savoir, Lulu. Va savoir.

Je regardais autour de moi, Marcel avait mis des miroirs partout dans le bar et il avait définitivement condamné la porte de la cave.

Le lendemain, avant de prendre mon train pour Saintes gare Montparnasse, je passai saluer Vanessa. Entre sa galerie et la gare il n'y avait que quelques centaines de mètres à parcourir. Les lumières de Paris s'inversaient dans le sol mouillé, les enseignes clignotaient à l'envers au rythme du cœur de la ville. Paris ressemblait aux couvercles de boîtes de sucre en métal de ma grand-mère, quand j'étais petit j'arrivais à entrer dedans par mes rêves, ce soir-là les couvercles étaient froids et lisses et me repoussaient vers l'extérieur. Des couvercles reproduisant les boulevards entre les colonnes Morris et les tilleuls d'un vert tendre sur la blancheur des façades peintes par Monet et Pissaro. J'aurais dû peindre Paris plus souvent, planter mon chevalet en extérieur sans me soucier du regard des gens. Peindre dans les bistrots comme Van Gogh l'aurait fait, sur les sols en mosaïque devant les bars en marqueterie. Peindre les banquettes en moleskine rouge devant les guéridons. Peindre le ballet des serveurs noirs et blancs entre les chaises Thonet à travers les reflets des grandes portes aux vitres biseautées. Peindre en bleu la gare d'Orsay ensoleillée devenue un musée et peindre la gare Montparnasse qui pousse ses wagons bars jusqu'aux éoliennes des prairies charentaises. Peindre le boulevard Edgard Quinet et le boulevard Brune jusqu'à la porte d'Orléans en direction du sud. Finir par un tartare frites avec un pichet de rouge à la bouche souple et charnue sur des tanins gourmands. Et sourire au monde parce que la journée est belle.

Je me souviens très bien de la petite toile que m'avait donnée Martinez la veille. C'était un format paysage facile à tenir entre les mains, comme un objet magique qu'on pouvait tourner dans tous les sens sans que ça change la beauté et l'équilibre du tableau. C'était avant l'éclosion de son printemps dans sa peinture, la toile n'était même pas signée, comme s'il s'en foutait et qu'il ne lui accordait aucune importance, peut-être était-ce pour cela qu'il me l'avait donnée. Pourtant, en la regardant, tout le monde aurait su que cette toile était de lui, il n'avait même plus besoin de signer sa peinture tant elle était déjà reconnaissable. Je l'amenai chez moi pour la mettre dans un coin de mon atelier avec ce qui aurait dû appartenir à mon passé.

À peine entrouvris-je les portes de la galerie que Vanessa s'exclama :

– Lulu, quelle bonne idée que tu sois repassé avant de repartir, quand est-ce que tu te décideras à prendre ton téléphone avec toi ?

– Pourquoi ? Qu'y a-t-il ?

– Il y a qu'hier soir, peu après ton départ de la galerie, Berron est repassé pour acheter d'autres toiles de ta nouvelle série. Ça fait une belle somme d'argent ! Bravo monsieur Lulu Lapochade, il va falloir que tu peignes d'autres tableaux pour remplacer ceux qui ont été vendus et, par pitié, prends-toi un téléphone ! Comment veux-tu qu'on puisse te joindre autrement ? Tu es contre le fait d'avoir un téléphone ?

– Non, pas du tout, c'est juste que je préfère le laisser à l'atelier. Je suis content que Berron ait acheté mes tableaux, moi qui pensais qu'il n'aimait pas ma nouvelle peinture.

– Arrête de douter, tu as du talent, tu dois être le seul à ne pas le savoir, si tu es accroché à mes cimaises c'est que tu as ta place parmi mes peintres.

– Merci, Vanessa.

– Arrête de dire toujours merci. Ton train est à quelle heure ?

– Dans un peu plus d'une heure.

– Ça nous laisse le temps de prendre un thé. Je vais te donner ton argent, Berron a payé une partie en espèces.

Drôle de type ce Berron, je ne l'avais pas vraiment reconnu, il avait beaucoup changé, il paraissait malade, il fumait beaucoup. En tout cas cette vente avait quelque chose d'attesté et de reconnu. Elle n'annonçait surtout aucune angoisse à venir. Depuis que je peignais à la peinture acrylique je peignais solide et ça me rendait fort et presque heureux comme si ma propre vie ne dépendait que de la solidité de ma peinture. L'acrylique est à base d'eau et permet tout un tas d'incrustations et d'intégrations de matériaux de toutes sortes grâce aux colles, aux liants et aux vernis. Je ne prenais plus de risques quant à la durée de conservation de mes œuvres dans le temps.

Je redécouvrais les bienfaits de l'eau.

Une fois chez moi je consultai mon compte Instagram pour voir le nombre de likes atteints par mes dernières publications de photos de tableaux, notamment ceux achetés par Pierre Berron. Je les avais postées juste avant mon départ pour Paris. Les peintres instagrameurs auxquels j'étais abonné publiaient depuis le monde entier. Ce soir-là j'avais besoin de m'éloigner et de voyager avec eux. Los Angeles, Londres, Watertown (Connecticut), Charlotte (Caroline du Nord), Las Palmas de Gran Maria, Penryn (Cornouailles), Barcelone, Essaouira, Buenos Aires, Somerville (Massachusetts), Istanbul et puis l'Iran, la Suisse le Québec et tant d'autres endroits encore où je n'irai jamais et dont je ne soupçonnais même pas l'existence. Et bien sûr Paris.

Notre centre d'intérêt commun était uniquement la peinture, nous publiions sous les mêmes hashtags la plupart du temps. Grâce à une certaine assiduité le nombre de mes followers devenait conséquent. Je trouvais ma place dans un groupe, même virtuel. Un groupe de peintres qui ne faisait que publier des photos de tableaux. Jamais un commentaire déplacé, jamais une remarque ou une colère puérile sur la sordide actualité qui nous entourait.

Dans le train la voiture-bar n'avait pas cessé de me faire de l'œil, mais j'avais su résister à la tentation tout le long du trajet d'autant plus que j'aurais eu de quoi payer. Finalement je me sentais léger dans ce train, presque les mains dans les poches. À l'aller, j'avais sous le bras les cinq toiles que j'allais livrer à Vanessa. Le bagage était encombrant dans le T.G.V.

Ce soir-là, si j'avais publié quelque chose j'aurais rajouté #tristesse à ma publication, ce qui ne m'aurait pas vraiment ressemblé, car je n'étalais jamais ma vie privée sur les réseaux. Mais être triste n'est pas être désespéré, j'entrevoyais le bout du tunnel, j'avais des tableaux à peindre et suffisamment d'argent pour être tranquille pendant quelque temps. J'allais pouvoir racheter de la peinture et remplir le frigidaire. Et toujours pas une goutte d'alcool. Une douce odeur de rooïbos parfumait l'atelier.

J'ai posé une toile sur mon chevalet et j'ai commencé à peindre en utilisant tous les bleus que j'avais. Au petit matin une fenêtre s'est ouverte et derrière une verrière j'ai entrevu les bleus de la mer. Quel bonheur d'être peintre, tous les voyages viennent à nous. Peindre n'a pas de frontière. Divine solitude, j'ai toujours aimé tes nuits colorées. Le soleil était un cerf-volant rond emporté par la ronde des nuages. Une régate élégante passait en lettre d'azur dans les pleins et les déliés penchés par le vent. Je me suis souvenu de la mer et des embruns verts sur la plage. Mon esprit s'y promenait et du plus loin qu'il se souvenait ses échos retentissaient. Cette nuit-là j'ai peint comme on parle en silence, j'ai peint pour moi, à la peinture à l'huile, en une seule séance, en bleu, en puisant dans tous mes bleus à l'âme sans penser à vendre.

Avant d'aller me coucher j'ai réhydraté une soupe instantanée, tandis que le jour se levait. Dans le bol j'ai peint à la surface du liquide odorant avec du Viandox et du tabasco, en saupoudrant de l'ortie piquante et du cumin. La sauce au piment d'Espelette bio fait aussi de jolies taches rouges. J'ai regardé les dessins se former et quand j'ai jugé le résultat satisfaisant j'ai photographié l'ensemble que j'ai posté sur mon Instagram : #artcontemporain #artephemere.

J'ai ensuite avalé mon œuvre goulûment puisque tout va disparaître.

SOUVENIR

Pomm' de reinette et pomm' d'api
Tapis tapis rouge
Pomm' de reinette et pomm' d'api
Tapis tapis gris

Il a raison Nickoll. Il a raison de chanter cette chanson même si certains le lui interdisent.

Cette chanson sent la pâte à modeler de notre enfance que l'on malaxait avec insouciance. Cette chanson sent la bouillie au chocolat tiède qui coulait dans nos gorges. Cette chanson s'adresse à tous les enfants qui sont en nous. Mais cette chanson a peur.

VI

À Paris l'hiver se promène de quartier en quartier au gré de son humeur vagabonde, à la campagne l'hiver ne fait pas de quartier et inflige ses arbres dénudés et ses noirs corbeaux. Je me souviens de Paris comme d'une femme aimée dont j'étais séparé. À chaque fois que je la quittais j'en avais pour plusieurs jours à m'en remettre. J'étais plutôt un type de la ville, de la grande ville. J'avais quitté Montparnasse la veille et toute la journée j'avais tourné en rond en évitant les bars. D'avoir revu Martinez deux jours plus tôt m'avait secoué en profondeur. J'avais marché toute la journée dans la campagne à la redécouverte de ce pays qui donne leur part aux anges et dont on dit que la transparence de l'air restitue avec générosité les objets du lointain.

J'aimais les feuilles des peupliers que Corot aurait à peine teintées, évanescentes et fébriles dans la valeur des tons qu'un peintre comme Auguin, plus coloriste, aurait détachées des branches dans le sens du vent. La tranquille Charente me donnait le temps de regarder passer son miroir. J'évitais lentement mon reflet et celui des autres et dans les endroits les plus profonds j'évitais mes pensées de peur de m'y noyer. C'est en l'air que je me voyais. Certains silences sont habités d'images quand les nuages passent, même de les peindre ferait parfois trop de bruit. Je finirais par comprendre que les nuages racontaient des histoires et s'il n'y avait au fond qu'une seule et grande question qui me hantait ? Peut-on être peintre sans avoir appris à peindre ? Peut-on peindre sans savoir dessiner ? Je n'étais pourtant pas un escroc de l'art pas plus qu'un escroc de ma propre vie. Je peignais parce que c'est comme ça que cela s'appelle, quand on met des couleurs sur les toiles et qu'on recommence encore et encore parce que c'est la seule chose qui donne un sens à la vie. Si je ne savais pas peindre les oiseaux alors je faisais des taches de couleurs qui finissaient toujours par s'envoler. Je peignais d'instinct et par nécessité sans avoir fait aucune école d'art contrairement à Martinez qui avait une solide formation artistique, ce qu'il ne se privait pas de me rappeler autrefois.

Hé, Lapochade, tu m'écoutes ?

Tu ne peins pas, Lapochade, tu tartines, tu peins comme un boulimique, tu te comportes avec la peinture comme un gamin devant un pot de Nutella. Tu ne dessines même pas, on peut mettre tes tableaux dans n'importe quel sens, on ne distingue même pas le haut du bas. Ton truc est une véritable orgie de couleurs. Tu devrais écouter mes conseils et peindre avec les primaires, tu devrais faire tes mélanges toi-même, ça t'éviterait de tomber dans le piège des gris malheureux. Pas la peine d'acheter de belles couleurs chez le marchand si c'est pour en faire de la boue. Un tube de peinture, ça se lit au dos, on regarde la composition des pigments avant de parler de la beauté des couleurs. Tout ça, c'est de la chimie, Lulu, et dans la chimie il n'y a pas de hasard, sinon ça te pète à la gueule ! On ne s'improvise pas chirurgien, on ne s'improvise pas pilote, alors je ne ne vois pas pourquoi on s'improviserait peintre. La peinture, mon pote, ça s'apprend.

Vanessa m'avait aussi agacé ou intimidé, lors de notre première rencontre. Elle avait besoin de tout cataloguer, elle avait besoin de tout ranger dans les tiroirs de la connaissance. Quelle importance de savoir quel peintre j'étais puisque je ne le savais pas moi-même ? Savoir, c'est ne plus oser.

« Si j'en juge par la violence de vos couleurs et la fougue de vos empâtements, je dirais que vous êtes un peintre expressionniste, monsieur Lapochade, vous êtes en tous cas un instinctif. On dirait que vous peignez comme si vous aviez peur de ne pas avoir le temps de finir vos toiles. On pourrait penser que votre peinture est maladroite mais en fait elle a peur, elle veut sortir du cadre ou du moins ne pas y rentrer. ».

Je ne m'étais jamais posé la question comme ça, c'est ce que j'aurais dû répondre à Vanessa. Je préférais me taire parce que j'ai toujours aimé les silences, je me sentais bien dans le secret des mots. Les mots ont toujours été des refuges, peut-être parce qu'on m'avait appris à les dompter, on m'avait appris à lire et à écrire depuis si longtemps et surtout appris à me taire. Les mots sont mes calmes intérieurs alors que les couleurs sont mes violences extérieures. Je peignais comme si je pouvais tuer quelqu'un ou alors je peignais pour ne pas me tuer moi-même.

Pourtant, en sortant de chez Vanessa ce soir-là, j'étais tout de même rassuré d'apprendre que d'autres hommes, les expressionnistes, avaient peint comme moi. J'appartenais à un groupe. Mes angoisses étaient comprises et partagées par d'autres. Mes frères dionysiaques aux couleurs vives, aux formes anormales et exagérées sans perspectives, je partage vos émotions intenses.

Vanessa était pour moi une fenêtre ouverte sur l'extérieur, sa bonne humeur et les tableaux qui l'entouraient me sécurisaient.

Les phrases assassines de Martinez résonnaient dans mon crâne :

— Tu vois, Lulu, toi tu penses et moi je peins, moi j'ai les mains pleines de peinture et la tête vide alors que toi tu as les mains propres et la tête pleine de remords. Ta peinture t'est restée dans la tête, mon pote. Le temps est passé, Lulu, parce que tu l'as décidé, tu as choisi de vieillir et de ne plus croire en nos rêves.

— Qu'est-ce que tu connais de mes rêves, Martinez ? Il y a longtemps qu'on n'a plus les mêmes rêves, toi et moi.

— Oh que non, Lulu, je les connais, moi tes rêves, tes rêves de gloire ! Et c'est pas parce que tu peins en écoutant Mozart que tu vas atteindre le sublime ! Laisse les grands de ce monde dialoguer entre eux ! Reste à ta place dans ton époque, mets-toi au pourring ! Oublie les galeristes dignes de ce nom, va chez les loueurs de mur.

« Tu en es resté à la paréidolie, moi il y a bien longtemps que j'ai dépassé les nuages.

VII

Ce n'est que le surlendemain de mon retour à Saintes que je me suis mis à peindre une nouvelle série pour Vanessa. Je n'aime pas le mot série, ça fait commercial, il faut pourtant appeler un chat un chat. Il me fallait faire au moins cinq toiles pour remplacer celles achetées par monsieur Berron. J'étais rassuré de savoir qu'un type comme lui suivait ma production, je le connaissais depuis longtemps, il avait commencé à m'acheter des tableaux dans les salons avant même que je ne connaisse Vanessa, c'est moi qui les avais présentés tous les deux.

À le voir fagoté comme l'as de pique dans des tenues complètement dépareillées on était loin d'imaginer que Berron était non seulement un esthète mais qu'en plus il allait se révéler être mon mécène. Il était d'une grande générosité et chez lui c'était un véritable musée. Des livres et des tableaux entassés jusqu'au plafond meublaient son gigantesque appartement haussmannien. Des toiles du peintre Gen Paul achetées à la galerie de Montmartre, sûrement un Braque ou deux et quelques dessins de Picasso sans oublier les Kimura du Clos Saint Pierre. Le seul tableau exposé était un grand ciel de Denis Rivière qui s'ouvrait comme une fenêtre sur le boulevard de Grenelle et qui faisait danser ses nuages sur le toit du métro. Et dans un coin, toute petite, une affiche du musée Carnavalet représentant Kiki de Montparnasse photographiée par Man Ray. Berron avait autrefois bossé dans l'industrie pétrolière où il avait fait fortune. Veuf depuis longtemps, il ne s'était jamais remarié, il avait rapporté de ses voyages autour du monde des œuvres dont quelques-unes traînaient aujourd'hui quai Branly. Il n'avait jamais eu d'enfant. C'est Vanessa qui m'avait raconté que chez lui c'était une véritable caverne d'Ali Baba, qu'il fallait slalomer entre les sculptures et les totems en prenant soin de ne rien casser. Elle plaignait la femme de ménage. Il ne pouvait même plus chasser l'odeur de tabac froid qui rôdait, l'accès aux fenêtres était encombré de cartons de livres et de piles de journaux. Ça n'avait rien à voir avec le syndrome de l'entassement, c'est juste qu'il collectionnait depuis toute une vie. Il casait des tableaux jusque sous son lit. Je n'allais pas m'en plaindre, je faisais partie des contemporains auxquels il achetait. Si j'avais été moins pressé j'aurais répondu à son invitation. Il m'avait convié depuis longtemps à passer boire du porto chez lui, mais je n'avais évidemment jamais pris ce temps.

On aurait sûrement sifflé une bouteille avant d'en entamer une seconde et je serais reparti jusqu'à la Motte Picquet en longeant le métro aérien pour aller boire quelques calvas avec l'argent qu'il m'aurait donné en échange d'un tableau. J'aurais rejoint la rue de la Gaîté pour aller me ragaillardir chez mon pote Marcel qui m'aurait servi une bière histoire de me désaltérer de ma marche dans Paris entre le XVe et le XIVe arrondissement. Il faut dire qu'il faisait soif en ces temps perturbés, l'été d'avant la température avait dépassé les 50°C à Paris, il y avait eu encore plus de morts que pendant la troisième canicule. Irène me dira un jour que c'était voulu, que des types interféraient sur les températures mondiales pour éliminer les vieux et plus les températures montaient et plus les vieux à éliminer étaient jeunes.

Dans les bulles éphémères de ma bière j'aurais vu les sables des mandalas des moines tibétains et les pigments colorés des dessinateurs navajos, tout en entendant encore résonner la voix de Berron :

« Ne vous inquiétez pas, Lulu, peignez, vous êtes un expérimentateur, vous peignez avec tout ce qui vous tombe sous la main, vous êtes un faiseur de belles choses et en l'occurrence vous êtes un peintre, croyez-en mon expérience. Ne vous souciez pas de durabilité, rien n'est éternel, peignez. Vous êtes un explorateur de contrées colorées, voyagez en couleurs mon cher Lapochade, dépassez et oubliez les frontières, c'est vous qui avez raison, vous êtes du côté de la vie où il fait bon être et ne prenez pas les choses trop à cœur, ce n'est que de la peinture après tout. Ne cherchez pas à changer les couleurs du temps, rajoutez-y juste les vôtres. »

Je regrette de ne pas être allé boire ce porto, non seulement j'aurais découvert un type charmant et formidablee mais en plus j'aurais pu voir l'état de conservation de mes œuvres. Si ma mémoire ne me trahit pas, je crois qu'il avait acheté au moins cinq toiles de mon ancienne peinture. Pour ça il aurait suffi que je prenne le métro jusqu'à Bir Hakeim, c'est-à-dire que je consacre un peu plus de temps à mes semblables et que je m'ouvre sur le monde, mais j'étais comme Martinez, je ne pensais qu'à peindre, tout le reste me semblait superflu et dérisoire. Berron m'aurait accueilli entre ses masques africains et ses statues cérémonielles d'Océanie vouées à être détruites après les rituels funéraires. Il m'aurait dit que j'avais ma place dans son sanctuaire. Il était reconnu en tant que collectionneur et il achetait la peinture de Lulu Lapochade ! Toute ma vie j'ai souffert du syndrome de l'imposteur et quelque chose en moi s'interdisait de croire qu'on pouvait acheter ma peinture. Ma peinture avait un grain de folie qui sortait du cadre et qui faisait écho chez tous ceux qui n'osaient pas sortir du cadre mais qui pourtant avaient ce grain de folie. Que les puristes me traitent d'autodidacte fumiste ou de charlatan, tant pis. Peut-être y avait-il de la jalousie chez Martinez ?

« En ces temps de naufrage, vous êtes un Robinson, Lapochade, et votre peinture est notre île », m'aurait dit Berron. Et ne laissez personne voler votre regard personne n'a le droit de vous imposer ce que vous devez voir. Si l'artiste qui sommeille en vous est encore parfois un étranger prenez le temps de le rencontrer. Alors vous verrez c'est pas que le monde soit si grand c'est juste que le cœur des hommes est trop à l'étroit. »

VIII

J'avais attendu le bon moment pour commencer à peindre. Je m'étais définitivement décidé à peindre à l'acrylique en évitant les encres de sérigraphie. J'espérais que ce qui sauverait mon ancienne peinture de la dégradation était le fait que je peignais en une seule séance à l'époque. Ma technique précipitée, éruptive et impulsive m'évitait de respecter les temps de séchage nécessaire entre chaque couche. Le problème du gras sur maigre ne se posait pas vraiment pour moi. Je confectionnais une pâte épaisse, une bouillie intemporelle qui, atteinte de cloques et de boursouflures ou d'autres maltraitances, offrait déjà dès la première journée une consistance des plus étranges que même le temps ne semblait pas pouvoir abîmer plus. Déjà vieille avant d'avoir vécu ou éternellement jeune, elle arrêtait le présent dont elle enfermait les secrets. Le mal viendrait d'ailleurs, des papiers qui finiraient par jaunir imbibés d'huile mais surtout des encres détournées de leur fonction initialement industrielle. Je me disais au pire pour me rassurer que je pourrais répondre à d'hypothétiques clients mécontents que ma peinture était fragile, vouée à une mort certaine parce qu'elle était à l'image du monde. Mais je me serais cherché des excuses et me serais menti à moi-même.

En réapprenant à vivre à la campagne ma façon de peindre se calmait. Les toiles qui allaient se succéder seraient comme les cailloux du Petit Poucet que je semais pour aller plus avant.

Le rouge de pyrrole foncé, l'orange de quinacridone et le jaune de nickel allaient colorer la première toile que je destinais à Vanessa. J'avais choisi ces tons chauds, je ne mélangeais pas les couleurs, je les utilisais pures. Au bout de quelques heures une forme tortueuse comme un cep de vigne apparut sur la toile. D'habitude dans mes élans abstraits j'évitais toute évocation figurative, je ne voulais pas que les gens voient ou reconnaissent des choses, mais qu'ils imaginent plutôt. Je laissais la place à une sorte de paréidolie, si les gens devinent des choses dans les nuages pourquoi pas dans mes tableaux ? Mais là, le cep s'imposait de lui-même avec force et insistance, presque sans mon intervention alors autant exploiter ce superbe accident. J'accentuais les sarments en les effilant et les mélangeant aux rayons d'un soleil jaune d'or que je sculptais avec le manche du pinceau dans l'épaisseur de la peinture. Vive l'acrylique ! Au bout d'une journée la toile se révéla sur mon chevalet. Les lointains étaient bleutés. Je décidais de garder cette première toile pour moi, je n'étais pas obligé de tout apporter à Vanessa. Ce jour-là le peintre avait encore triomphé de l'homme.

Tu vois, Martinez, l'art n'est pas une compétition, il n'y a ni bons ni mauvais peintres, il y a juste ceux qui peignent vraiment. J'aurais dû m'en souvenir. Toi qui n'as jamais voulu exposer avec moi parce que ma peinture ne valait soi-disant pas le coup.

Moi je n'emprisonne pas la couleur dans le dessin. Chez moi on ne trouve pas de gomme, pas de boîte Faber-Castell en bois bien propre ni de crayon Pitt Graphite rangé bien en ordre par degré de dureté, pas de porte-mine ni de taille-crayon. On ne trouve rien pour le dessin. On trouve des spatules et des truelles, des bouts de peignes édentés et des racloirs de toutes sortes pour travailler et malaxer la peinture. Mon dessin commence là où s'arrêtent mes empâtements. C'est comme si je dessinais du bout d'un bâton sur le sable mouillé. C'est étrange ce besoin d'enfermement, c'est comme mettre des mots partout. Les mots des peintres sont inutiles par ce que les peintres savent que les mots sont arrivés bien après les couleurs. Les arcs-en-ciel se sont toujours passés de commentaires. Il ne faut jamais croire ce que dit un peintre, c'est pour ça qu'il peint et qu'il déborde.

IX

C'est vrai qu'on a été amis autrefois, Martinez et moi, si tant est qu'on puisse être vraiment l'ami d'un homme égocentré et dominant. Tout passait toujours par lui avant tout, jusque dans notre façon de boire. Il menait toujours la danse, c'est lui qui choisissait les bistrots où nous allions nous encanailler, en me laissant régulièrement payer l'addition. Il marchait devant en bifurquant à droite ou à gauche suivant ses envies. Moi, je suivais un peu comme si je n'étais pas concerné, je suivais parce qu'être là avec lui c'était pas pire que d'être ailleurs. Il faut rajouter qu'être avec lui c'était attirer l'attention des femmes sur nous.

La nuit de pleine lune où nous étions dans le cimetière nous avions passé notre soirée à nous engueuler. Je défendais le fait que Facebook était un moyen comme un autre de faire connaître notre peinture, que c'était une vitrine vue par des milliers de personnes. Il affirmait que c'était de la merde et qu'il fallait s'en éloigner. Il affirmait haut et fort que l'art n'avait rien à faire sur les réseaux sociaux. Nous connaissions tous les deux la sordide histoire du nécrophile sergent Bertrand, surnommé le vampire du Montparnasse qui exhumait et violait les cadavres des jeunes filles fraîchement enterrées. Ça se passait dans les années 1850, ce soir-là nous avions décidé, Martinez et moi, de faire revivre ce charmant monsieur, Martinez voulait me démontrer que ce que voulaient la plupart des gens c'était du sensationnel, de la daube et de la merde.

Après avoir rendu visite à Gainsbourg, à Baudelaire et à Maupassant sans oublier tonton Olivier, nous nous arrêtâmes devant une tombe inconnue au niveau de l'avenue de l'Ouest.

– Et pourquoi c'est moi qui fais le cadavre, Martinez ? Et pourquoi c'est toi qui prends la photo ?

– Parce que je l'ai dit en premier.

– Non, ça marche pas comme ça, on va le faire à pile ou face.

– T'as une pièce ?

– Non, et toi ?

– Moi non plus, on a tout bu et j'ai laissé toute la monnaie à l'épicerie.

– Alors on va le faire à la courte paille.

– T'es vraiment chiant Lulu, je ne vois pas ce que ça change que ce soit toi ou moi qui fasse le cadavre.

– Ça change qu'il fait un froid de canard et que celui qui va faire le mort va devoir se foutre à poil, voilà ce que ça change.

– Et alors, Lulu, on en n'a pas pour deux plombes !

– Question d'équité, Martinez, et on devrait éviter de s'engueuler, on va se faire repérer.

Il n'en fallait pas moins pour l'exciter. Il se mit à hurler entre les tombes en imitant le hurlement d'un loup au clair de lune.

– De quoi t'as peur, Lulu ? On va réveiller personne ici, personne n'est vivant, même pas nous !

– C'est pas une question de peur, c'est une question de logique, c'était pas la peine de se laisser enfermer dans le cimetière si c'est pour se faire repérer et virer par les flics aussitôt ; autant rester de l'autre côté, chez les vivants, et gueuler dans la rue.

– C'est pas pareil, c'est moins rigolo et justement ici au moins on risque quelque chose, de l'autre côté tu peux gueuler autant que tu veux, les vivants s'en foutent, à croire qu'ils sont tous déjà morts eux aussi.

– Décidément, Martinez, on ne sera jamais d'accord sur rien.

– Tu l'as dit, bouffi ! Je vais même te dire que je regrette qu'on ait pas pris mon revolver, on aurait descendu quelques pigeons au passage.

– Arrête ! On dirait un vieux couple !

– Tu as raison, viens, on va boire un coup.

Nous nous dirigeâmes vers une petite chapelle funéraire qui devait dater du siècle dernier avec sa porte grinçante en fonte. Nous entrâmes silencieusement en poussant la porte derrière nous. Nous décapsulâmes deux bières. J'avais ramassé deux brindilles dans l'allée, je les disposai pour que Martinez puisse piocher et le sort tomba sur moi. Nous nous dirigeâmes vers la tombe. Je me déshabillai et m'allongeai sur la stèle allumée par la lune. Martinez cadra en contre-plongée. Mes pieds en premier plan étaient déjà aussi froids que le bleu du granit.

– Qu'est-ce-que tu fous, Martinez ? Appuie ! Prends la photo ! Je suis gelé !

– Mais j'appuie, Lulu, mais ça marche pas ! C'est sûrement ton téléphone qui déconne.

– T'appuies sur quel bouton ?

– Celui de droite en bas sur le côté.

– Non, Martinez, tu le fais exprès, c'est celui du milieu en bas sous l'écran.

– Je te jure que je savais pas, tu m'avais pas dit.

– Ça me fait pas rire !

– Arrête de pleurnicher, mon Lulu. Un jour nous serons deux grands peintres, toi et moi, et nous en rigolerons, tu verras, quand nous repenserons à cette nuit de pleine lune dans notre cimetière Montparnasse.

– Peut-être, mais pour l'instant je me les gèle, Montparnasse ou pas.

Martinez leva les yeux au ciel et déclara gravement :

– On aurait dû prendre notre matériel, on aurait pu peindre les étoiles toute la nuit.

Nous postâmes quelques photos sur Facebook avec moi allongé tout nu en guise de cadavre. Avec les pieds devant il était difficile de savoir si le corps était celui d'un homme ou d'une femme sous la lumière crue de la lune. Nous ajoutâmes une légende : « découverte d'un nouveau corps ; attiré par les jolies mortes plutôt que par les vivantes, le profanateur du cimetière Montparnasse a encore frappé. »

La réaction des internautes ne se fit pas attendre, en quelques dizaines de minutes les commentaires et les likes plurent alors que quand je postais les photos de mes tableaux il ne se passait pas grand-chose.

– Tu t'attendais à quoi, mon Lulu ? C'était couru d'avance ! affirma Martinez d'un ton triomphal, voilà ce que veulent la plupart des gens, de la merde, mon pote ! De la merde, je te dis !

— Je te l'accorde, nos tableaux font bien pâle figure à côté, je vais faire comme toi, je vais me déconnecter.

— Oui, Lulu, il faut peindre loin de ce bourbier, c'est pas la place d'un peintre et encore moins celle de la peinture. Merci, monsieur François Bertrand, violeur de cadavre pour le baroud d'honneur. Et n'oublie pas Lulu, souviens-toi de Kurt Cobain, éloigne-toi du succès.

XI

Je livrais à Vanessa une série de toiles abstraites qui me rassuraient par leur solidité. Toutes avaient été peintes à l'acrylique et fixées par un vernis colle puissant. J'avais incrusté tout un tas de différents matériaux trempés dans la peinture. Filets de pomme de terre, cartons de toutes sortes déchirés et brûlés, morceaux de bois flottés récupérés sur la plage de Royan, sable et quelques poignées de terre caillouteuse, quelques bouts d'affiches qui me restaient de ma vie parisienne et que j'avais arrachés dans le métro.

C'est en disposant les toiles dans la galerie que je me rendis compte que j'avais perdu en spontanéité et de nouveaux doutes esthétiques s'installèrent en moi. J'étais plutôt mécontent et Vanessa n'était pas particulièrement enthousiaste. Une vague envie de boire et de mourir s'immisça en moi. Je commençais à comprendre que ce qui importait pour moi était plus l'acte de peindre que le résultat.

L'huile me manquait, les odeurs de térébenthine aussi. L'acrylique est décidément pour moi insipide.

Je décidai d'aller boire un thé chez Marcel, je ne repartis que le lendemain pour Saintes et l'hôtel où j'allais passer la nuit était évidemment rue de la Gaîté.

Une pluie de janvier battait le pavé froid de Paris. Les types de la S.O.M.A.R.E.P déposaient et enclenchaient les structures métalliques du marché alimentaire d'Edgar Quinet. Tôt demain les commerçants dérouleront les vagues épaisses des bâches blanches et bleues qui serviront de toit. L'eau de pluie de la nuit se sera accumulée dans leurs creux.

Les fêtes étaient enfin passées et rangées toutes les simagrées de Noël et du jour de l'An. Les estomacs trop pleins et les gueules de bois avaient commencé une nouvelle année pleine de promesses et de bonnes résolutions. La ville avait fonctionné à flux tendu ce qui fera dire aux partisans de l'effondrement que notre train de vie ne tient qu'à un fil et que la gueule de bois risquera d'être plus longue que prévu.

Les effluves de la cave remontaient jusqu'à moi, j'étais sûrement le seul dans le bar en mesure d'en ressentir la profonde nostalgie. Calé au comptoir je regardais la devanture aux rideaux rouges du théâtre Rive Gauche. Je savais que Martinez ne passerait pas ce soir, Marcel l'avait mis dehors plus tôt dans la soirée.

Dans mon dos repartaient en Y la rue d'Odessa et la rue Delambre. J'étais dans ce quartier qui un siècle plus tôt avait été le creuset de la peinture moderne. Modigliani et Soutine et tant d'autres immortels étaient passés par là et quelque chose en moi savait que désormais Martinez faisait partie de ces gars-là. Il aura sa place parmi les peintres. Mes rêves de gloire m'amèneront bientôt vers une banale célébrité sordide alors que lui aura encore tous les honneurs. Je n'aurais fait qu'accélérer les choses. J'allais bientôt passer à la télé dans la rubrique des faits divers.

Un type dans le bar s'acharnait sur un flipper Monster-Bash pour reformer à coups de bonus et d'extra-balles le groupe Monsters of Rock. Frankenstein et sa fiancée, Dracula et la Momie retrouvaient leurs instruments de musique. Je connaissais ce flipper pour y avoir moi-même autrefois battu plus d'une fois mon propre record en attendant l'inspiration. Les monstres du studio Universal m'avaient même inspiré mon nom sur les réseaux sociaux : « Dark Universe ». Je me revoyais l'épaule contre la vitrine, déhanché par les passes et les amortis, un rouleau d'affiche coincé entre le flipper et la vitrine.

Marcel envoyait des hot-dogs dans une odeur de pain chaud à des gens qui allaient voir un spectacle avec Francis Huster. Des bières et des pichets de vin me passaient sous le nez, il était temps que je rentre à Saintes. Mes vieux démons n'étaient pas loin.

Ce soir-là, les choses se sont enchaînées à une vitesse folle. Le portable de Marcel sonna sur le comptoir.

– C'est Irène ! me lança-t-il en me tendant son téléphone. Vas-y, décroche, Lulu, Martinez doit-être en crise.

– Pourquoi elle appelle pas les flics directement ? demandai-je. Pourquoi elle t'appelle, toi ?

– Parce qu'elle les a trop appelés, ils ne se déplacent plus, tout le monde en a marre de leurs conneries, ils sont connus dans tout le quartier.

– Pourquoi elle vient pas directement ici, alors ?

– Parce qu'elle a bu, elle aussi. Elle sait que je ne la laisserais pas rentrer dans mon bar.

– J'ai pas envie de décrocher, Marcel. Excuse-moi, mais tout ça ne me regarde pas et je n'ai rien à lui dire à Irène, pas plus que je n'ai envie de remettre les pieds chez eux. On peut pas dire que chez Martinez ça respire la bonne humeur et la joie de vivre, la dernière fois que j'y suis allé, j'ai été reçu comme un chien.

– C'est normal, tu as disparu de la circulation et tu reviens comme si de rien n'était sans crier gare. Tu lui as manqué, c'est normal, vous étiez inséparables Martinez et toi.

– Peut-être, Marcel, mais c'est pas mon problème s'il est violent avec Irène. Qu'est-ce-que tu veux que j'y fasse, je ne suis pas sûr que je pourrais calmer les choses.

— Je te demande juste d'aller voir, si elle appelle encore décroche, c'est qu'elle a besoin de nous, tu vois bien que je ne peux pas quitter mon service. Si elle appelle, va jeter un œil et si ça barde trop, appelle les flics ; si c'est toi qui les appelles, ils se déplaceront. Mets ton orgueil de côté, il ne s'agit pas de peinture. Le problème avec vous les peintres c'est que vous finissez par devenir aveugles, vous ne voyez plus ce qui se passe autour de vous, vous avez les yeux tellement rivés sur vos tableaux que vous en oubliez le monde.

— Toi aussi, Marcel, tu me reproches de ne pas vous avoir donné de nouvelles pendant toutes ces années ?

— Mais non, je ne te reproche rien, je te dis juste qu'Irène a besoin d'aide, c'est une brindille cette fille, Martinez et toi vous êtes forts, elle c'est pas le cas.

— Y'en a pas beaucoup des types comme toi, des types qui prennent soin des autres. Si tout le monde était comme toi, le monde irait bien. Je savais qu'en venant ici ça me ferait du bien, je veux dire en revenant dans ton bar après toutes ces années. Tu m'as manqué, Marcel.

— Fais attention à tes vieux démons, Lulu, ils ne seront jamais bien loin.

— Je sais, j'ai compris tout ça, c'est pour ça que je me suis fait aider et que j'ai disparu de la circulation.

Je le laissai servir quelques clients et lui dis :

– Il est beau ton bar, j'aime les transformations que tu as faites, c'est plus gai qu'avant. Et j'ai vu que tu avais fait condamner l'accès à la cave.

– C'est plus une cave, c'est un studio, la prochaine fois que tu viens à Paris tu pourras y dormir, pas la peine de prendre une chambre à l'hôtel.

– Merci, Marcel, t'es vraiment un chic type. Promets-moi juste une chose, c'est d'aller voir mes nouveaux tableaux chez Vanessa et de me donner ton avis.

Je me souviens qu'il ne me répondit que par un triste sourire comme si ma demande était incongrue. Je le laissai servir ses clients en espérant qu'Irène n'appelle pas une seconde fois. Je restai dans le bar, je n'avais aucune envie de rentrer à l'hôtel. J'aurais aimé montrer une photo de mon fils Léo à Marcel, mais ce n'était pas le moment ni peut-être même l'endroit. Il y a des choses qui ne se montrent pas, des choses que l'on doit peut-être garder pour soi bien au chaud afin de ne pas les disperser et les salir en les rendant insignifiantes. Et présenter quelqu'un en photo avec de la tristesse dans le cœur c'est encore une façon de parler de soi, une façon détournée de se plaindre. La photo souriante d'un enfant de trois ans doit parler d'avenir et non plus de passé.

En regardant Marcel travailler je me suis souvenu que lui, Martinez et moi avions été amis autrefois et je compris qu'il faisait encore beaucoup de choses par amitié. Ce soir-là j'allais encore mêler mon histoire à la leur, comme autrefois, sauf qu'autrefois il n'y avait pas Irène dans nos vies.

Elle appela une seconde fois et je me rendis chez eux comme me l'avait demandé Marcel. Ce soir-là j'allais tuer Martinez et brûler toute sa production. J'allais brûler l'un des plus beaux vergers qu'il m'ait été donné de voir. Ce soir-là en brûlant toutes ses toiles j'ai sûrement tué des milliers d'oiseaux et pollué tout autant de ruisseaux.

À quoi bon me morfondre aujourd'hui puisque de toute façon on finit toujours par enfermer les peintres dans des musées alors qu'on laisse les dictateurs en liberté.

Irène me dira plus tard qu'elle savait que j'étais dans le bar ce soir-là, elle l'avait ressenti, elle me dira que ses antennes avaient vibré et qu'elle m'appelait au secours. Elle me dira qu'elle avait senti ma présence, finalement nous n'étions séparés que par un bout de rue et par une impasse. Et pourquoi ne pas la croire ? Après tout et si elle avait raison, si elle faisait partie de ces gens qui ressentent les choses et qui souffrent réellement de l'état du monde ? Son hypersensibilité, ses troubles de l'anxiété, la profondeur de sa nature, ses tentatives auprès de la M.D.P.H pour faire reconnaître tout ça comme un handicap alors que finalement ce n'était peut-être qu'une lucidité dans un monde aveugle.

Marcel avait raison lui aussi, peut-être étais-je devenu aveugle à force de peindre et ne pas m'être déplacé ce soir-là aurait été aussi violent que les coups de Martinez.

J'étais encore un peintre inconnu au fin fond de sa ville de province. Je courais après la gloire et finalement c'est la célébrité qui allait me tomber dessus. Je n'allais pas tarder à comprendre la différence. La gloire c'est une grande renommée, c'est un honneur, un mérite, une grande réussite admise par un vaste public. La célébrité c'est tout autre chose, du fond de ma prison aujourd'hui je suis le peintre qui a tué son ami et non pas celui qui a peint.

La renommée de Picasso dépasse les frontières, celle d'Hitler aussi mais pas pour les mêmes raisons. C'est ici que le monde se bouscule, sur le perron de nous-même. L'enfer est terrestre, c'est nous qui l'avons créé. Inutile d'espérer le paradis nous l'avons assurément piétiné, Irène ne le sent que trop.

Avant ma naissance je n'avais encore rien fait, après ma mort j'ai eu le temps de laisser du bonheur ou du malheur derrière moi, le temps de la vie m'en a laissé le choix.

On dit qu'une actualité en chasse une autre mais, c'est pas vrai, ce qu'on a fait de mal on le garde à jamais, alors autant faire le bien.

Pomm' de reinette et pomm'd'api

Tapis tapis rouge

Pomm' de reinette et pomm' d'api

Tapis tapis gris

ESCAPADES

J'ai toujours eu sur moi un petit flacon d'essence de térébenthine que je débouchais de temps en temps pendant mes promenades. Les effluves que je transportais me donnaient la sensation d'être partout chez moi, c'était comme si partout était mon atelier. Je rapetissais le monde de manière olfactive pour le rendre moins hostile et moins vertigineux, beaucoup moins grand et moins anonyme. Le monde autour de moi pouvait alors loger dans la surface d'une toile blanche. Ça me permettait de dédramatiser la fragilité de mes premières toiles vendues. Si j'étais chez moi partout personne ne pouvait rien me reprocher, c'est moi qui recevais le monde entier, j'étais l'hôte de tout le monde. Toutes les œuvres peintes autrefois restaient miennes. J'en étais toujours l'heureux propriétaire et j'avais le droit de vie ou de mort sur elles. L'argent n'avait plus rien à voir dans cette aventure humaine, on pouvait alors parler du côté éphémère des choses dans un constat partagé. C'est moi qui offrais l'hospitalité.

Quel que soit l'endroit où j'étais il me suffisait de renifler mon flacon et la vision de mes futurs tableaux jaillissait, rendant caduques et acceptables mes toiles déjà peintes. Mais j'avais appris à rester prudent, plus je montais dans mes espoirs plus profondes pouvaient être mes déceptions. Je me condamnais à la beauté de mes toiles à venir et si elles étaient ratées je me désespérais. Dans les moments actifs de joie j'aurais pu colorer la terre entière, dans les autres moments passifs c'était le noir du monde qui m'envahissait. Je sentais alors que si le monde avait été plus heureux autour de moi mes descentes auraient été moins profondes et moins douloureuses. Et sûrement moins lucides.

Lorsque je sortais après avoir réussi une toile je gardais sans effort mon sourire franc et sincère sur mes lèvres pendant des heures. J'avais compris une chose parmi tant d'autres qui ne me plaisait pas chez Martinez, c'était son manque de sourire. Il ne partageait rien, il peignait dans un esprit de compétition pour être le premier, pour être le meilleur et lorsqu'il sortait de son atelier il restait verrouillé comme si sa place était déjà dans un musée.

Le plus difficile pour moi était de garder le sourire dans les jours sombres, les jours aux tableaux ratés mais avec de l'entraînement on finit par y arriver parce qu'on sait qu'il y aura d'autres jours réussis.

Un jour Vanessa m'avait appris ce qu'était une pochade. Une pochade c'est un croquis en couleurs exécuté en quelques coups de pinceaux rapides et habiles. Dans ces œuvres agiles les peintres acceptent certaines erreurs dues à la rapidité de l'exécution mais, certaines pochades sont de véritables tableaux. C'est à croire que mon nom de famille était prédestiné. Je n'aime pas l'idée des choses abouties. Je ne serai jamais un peintre établi au fond de son atelier poussiéreux et jauni. Ma peinture n'est qu'une succession d'instants tous aussi différents les uns des autres et je m'enivre par hasard de la même manière. Le jour où je ne connaîtrai plus la joie des cuites je me mettrai à boire par ennui.

J'avais découvert la tombe de Soutine par hasard par un beau jour d'hiver ensoleillé. Chaïm Soutime est ce peintre russe qui peignait entre autre des bœufs écorchés dans des rouges flamboyants. Je ne sais pas grand-chose sur lui à part quelques anecdotes piochées çà et là dans des livres. Je ne sais pas grand-chose de sa peinture et je crois qu'en fait cela ne m'intéresse pas. Quand je passe devant sa tombe je me dis que des types comme lui ont existé, qu'ils ne sont pas venus sur Terre pour faire la guerre et ça me suffit. Qu'il ait trempé son pinceau dans telle ou telle époque me dépasse un peu, ce qui me plaît surtout c'est que des types comme lui ont existé alors tout devient possible. Modigliani était son ami.

Vanessa m'avait dit que certaines de mes toiles figuratives lui évoquaient celles de Soutine dans ma façon de déformer les sujets.

Je n'ai jamais eu besoin de grand-chose pour être heureux, je n'ai pas pris le temps d'apprendre. Tout est allé trop vite. Quand l'histoire d'un jeune peintre en herbe croise l'histoire de l'Art ça devient une histoire d'amour. Pas besoin d'apprendre l'amour pour croire en ses histoires et aimer ses lunes de miel.

C'est dingue le nombre de types bien, locataires du cimetière Montparnasse. Certaines nuits de pleine lune on les entend rire et chanter et je dois admettre que Martinez y a sa place même si je n'ai jamais vraiment entendu son rire, encore moins de son vivant.

Un cimetière c'est un coin de nature qui nous offre un de ces espaces verts peuplé d'arbres et d'oiseaux. Avant les tombes il y avait des champs de blé et des moulins. Quand je n'allais pas bien, quand le béton de la ville m'égarait je me disais que pas loin sous mes pieds il y avait la terre et sa générosité. Je retournerai à la terre parce que j'y serai toujours chez moi. Je dormirai encore à la belle étoile, je marcherai sur les chemins à contre sens et je serai encore chez moi.

Le plus difficile c'est pas de trouver sa place, mais de savoir quelle place veulent prendre les autres et par quels moyens ils veulent y arriver. Quelle place les autres veulent-ils prendre dans nos vies ? Qui étais-tu, Martinez ? Qui ai-je tué ? Qu'ai-je détruit ?

Les confettis éparpillés de mes toiles passées ont toujours un air de fête, l'odeur de la térébenthine m'entraîne vers des rondos vénitiens entêtants et indisciplinés sur des routes de Camargue dans des bars que Van Gogh aurait pu peindre. Entre les billards verts et les comptoirs de zinc bleus illuminés de jaune la lumière du soir m'accueille le temps d'un dernier verre. Une maladie d'amour toute de blond vêtue m'observe dans un coin. Elle sera dans tous les bars où j'irai et je ne saurai jamais qui elle est.

J'ai la chance d'être souvent emporté par des moments d'euphorie et dans ces moments-là je ne vois pas le monde tel qu'il est, je le vois beau, je le vois comme un jour de neige quand tout est feutré et que personne n'a encore marché là où c'est blanc.

XII

Le premier regard du matin est implacable s'il est destiné à revoir le tableau terminé la veille. La nuit est passée en effaçant l'exaltation. Le tableau se révèle neuf dans toute sa splendeur ou sa laideur. Une journée entière peut s'avérer des plus sombres si la laideur a décidé de l'entamer, des plus joyeuses si la beauté a pris le dessus. À force de matins l'habitude a été prise, toute laideur d'où qu'elle vienne assombrit les choses. Voir la beauté devient un exercice du quotidien et aucun matin ne devrait devenir une journée s'il n'est pas aimé.

Et les clés dans la serrure, pourquoi ce serait toujours à la dernière de se présenter en premier ? Et le métro qu'on voit s'éloigner à une minute près, pourquoi c'était la dernière minute ? Et pourquoi la fumée de cigarette va-t-elle toujours sur le voisin non-fumeur. Et le talent de Martinez d'où venait-il ? Même aujourd'hui, en fermant les yeux je vois ses toiles avant de m'endormir. Je vois des tableaux gigantesques et calmes comme des grands voiliers qui flottent dans les airs, des cerfs-volants saupoudrés de souvenirs d'enfance butinant les bleus lointains du passé. Des jaunes clairs cernés de noirs et de macules rosées, des blancs presque transparents aux dentelles bleutées. Les flambés et les machaons, papillons de mon enfance, passent devant mes yeux, majestueux, avant de m'endormir.

Un vert oxyde de chrome mélangé à une terre d'ombre brûlée avec un peu de blanc me permettait ce matin-là de poser mes premières sensations. J'étais revenu de Paris avec le cadavre de Martinez dans mes souvenirs. J'avais tout fait pour faire croire à un suicide. Finalement c'était crédible, ça ne choquerait personne qu'un type comme lui, alcoolo au dernier degré, désargenté, violent avec sa compagne, décide de mettre fin à sa misérable existence. Je voulais que la police dirige son enquête dans ce sens, il me fallait encore du temps, j'avais encore quelque chose à peindre avant que les flics ne viennent me cueillir.

À quelques kilomètres de Saintes, sur la commune de Bussac je me dirigeais sur ma gauche par dessus le petit pont de pierre qui enjambe tout-à-coup la voie ferrée en indiquant le chemin de Port Berteau. C'est dans ce hameau, dans les années 1862 que Gustave Courbet avait planté son chevalet sur les bords de la Charente. C'est lui que je voulais voir même s'il était mort depuis longtemps. Mon âme avait froid.

Je savais qu'il avait souffert de son vivant, poussé à la ruine et à l'exil. Ce qui faisait surtout écho en moi c'était l'état de conservation de sa peinture. Il recouvrait ses toiles de noir avant de commencer à peindre. Pour ça il se servait d'un bitume de Judée. Le problème c'est qu'avec le temps, le pigment noir est remonté à la surface. Aujourd'hui, une partie de son œuvre est obscurcie, les couleurs d'origine ont disparu noyées dans les ténèbres. S'il avait utilisé un noir acrylique il aurait évité ce naufrage. Mais à son époque l'acrylique n'existait pas encore.

Quelle importance si sa peinture s'éteint, lui qui a montré la lumière aux autres peintres ? Il a été l'un des premiers à peindre en extérieur, précurseur il a bousculé l'académisme en sortant sa palette dans la campagne. Ici à Port Berteau il a conseillé les peintres locaux, Pradelles et Auguin, dans ses ateliers de plein-air. Même le grand Corot était de la partie. Qu'importe si sa peinture s'éteint dans la lumière triste des musées. Son souvenir sauvage brille encore ici et moi je regarde les saules et les frênes des berges en me souvenant que Courbet a mis du bleu dans ses ombres avant Claude Monet.

Dans mes moments les plus tristes j'ai toujours eu besoin de la nature, j'ai toujours eu besoin de peindre en extérieur et de sentir l'immensité des plaines. Plusieurs fois j'ai dormi dehors comme si je me mélangeais à un grand tout. Ma peinture abstraite parle trop de moi, ma peinture figurative me permet au contraire de m'oublier en me mélangeant au vent. L'abstraction est toujours une présence de trop.

Mais si l'homme Martinez était misérable, le peintre était grand, très grand. Tous les artistes qui connaissaient Martinez savaient qu'il n'avait aucune envie d'en finir avec la vie, il avait trouvé ce qu'il cherchait depuis si longtemps, sa peinture était aboutie, il avait réussi à se hisser parmi les plus grands. Pourquoi vouloir mourir au moment où la gloire pointait son nez ? Ça n'avait pas de sens. Salaud de Martinez comment as-tu fait, moi l'alcool me tuait.

Quand j'ai mis le feu j'ai surtout voulu effacer un maximum de traces de mon passage, ou alors n'était-ce pas plutôt par jalousie.

Avant de les détruire, j'ai photographié toutes ses toiles, ses chefs-d'œuvre. J'étais alors le seul à en posséder la trace. Pour ça je me suis servi du téléphone d'Irène, calmement, pendant qu'elle somnolait dans l'autre partie de l'appartement, ou plutôt pendant qu'elle comatait.

Au passage, avant de m'enfuir, j'ai récupéré le vieux revolver de Martinez, celui avec lequel on avait quelquefois tiré sur les pigeons dans Paris.

Ce matin-là je fabriquais mes verts avec du bleu de cobalt et de céruléum mélangés avec des jaunes et des oranges. Il faut fabriquer les verts soi-même avec les bleus qui ont servi à peindre le ciel et les ombres. L'harmonie du tableau est ainsi assurée. J'utilisais peu le bleu de Prusse que je savais très vite envahissant.

Je m'étais posé dans un coin qui resterait ensoleillé, j'avais besoin de peindre dehors, à l'air libre, ma liberté était comptée. À ma droite la voie de chemin de fer s'allongeait entre Saintes et Taillebourg, à ma gauche la Charente s'écoulait vers l'Océan. J'avais deux possibilités de fuite en cas de visite de la police, le bateau ou le train même si je savais pertinemment que le seul repli possible aurait été de m'envoler au-dessus des arbres comme un oiseau. Sur mon chevalet j'avais installé une petite toile que j'avais au préalable peinte en gris pour éviter d'être ébloui par le soleil. Même un soleil d'hiver peut éblouir un peintre.

Devant moi la rivière avait laissé des traces profondes, une terre d'ombre naturelle me permettait de peindre des taches de couleurs froides.

Je pressais les couleurs sur ma palette et les préparais avec un médium à peindre que j'affectionnais particulièrement pour son onctuosité, ses brillances ne me gênaient pas en extérieur, j'avais suffisamment de recul. Je peignais à l'huile, pour moi, uniquement pour moi sans plus penser à Vanessa. Je peignais dans les odeurs de l'essence.

Peindre dehors demande de poser un regard rapide sur les choses. Il faut arrêter l'instant et s'en souvenir durant toute l'élaboration du tableau parce que les ombres tournent vite. Il faut cligner des yeux pour appréhender les volumes, mais, en clignant des yeux ce matin-là, je revoyais surtout le corps de Martinez tendu dans les airs. Au loin, sur un des côtés, des arbres cachaient un vert humide et profond. D'autres arbres, plus proches et moins bleus vibraient d'un vert plus soutenu. Les feuilles mouillées étaient des miroirs de la même couleur que le ciel. À travers les feuillages je laissais apparaître la terre d'ombre brûlée du premier jus, surtout là où les arbres et le ciel se rencontraient sur la trame encore apparente de la toile. Je déposais la lumière par petites touches. Avec un pinceau je redessinais en noir certains éléments que j'avais perdus dans l'épaisseur de la peinture.

La chose qui me tracassait le plus était une bouteille en plastique qui traînait devant moi, elle était là avant mon arrivée. Fallait-il la considérer comme faisant partie du paysage ? Fallait-il peindre les choses telles qu'elles étaient ou bien fallait-il peindre un monde perdu qu'on ne connaîtrait plus ?

Faut-il peindre la pollution ?

Dans le ciel passent des avions qui laissent des traînées blanches et nuageuses derrière eux. Faut-il les peindre quand on peint un paysage ou faut-il mentir et peindre un ciel pur ?

Ou alors, ces lignes blanches sont-elles des lignes d'écriture qui relient les gens ?

Les avions transportent des gens et autant d'histoires. Il faut croire ceux qui parlent d'amour et les croire sur parole, parce que personne ne ment quand il s'agit véritablement d'amour.

Van Gogh les aurait peintes, ces lignes-là, parce qu'il était trop grand pour ne parler que de peinture. Courbet les aurait sûrement peintes aussi lui qui peignait les choses telles qu'elles étaient.

XIII

Divine solitude il était rare que tu te manifestes, il était encore plus rare que tu dépasses la cime des arbres. Je te connaissais en moi, mais je ne te connaissais pas hors de moi. Je te connaissais au rythme de mes balades, tu m'avais offert la grandeur de tes silences et voilà que je croisais les silences d'une autre. Solitudes vous parlez le même langage entre vous, les choses humaines sont maladroites et bruyantes et voilà que dans les regards d'Irène je me reconnaissais. J'avais sûrement mal regardé par-delà la cime des arbres pour voir que dans le ciel quelqu'un me faisait écho sans attente ni mensonge. Divine solitude je connaissais tes matins froids et tes brumes prometteuses, je connaissais ton chemin et ton herbe du bout de mon pinceau, mais tu ne m'avais pas parlé de la venue de quelqu'un.

Irène allait définitivement entrer dans ma vie. Elle était faite du même bois que moi, pas de celui qui sert à faire des maisons pour y vieillir comme des cons, mais de celui qui sert à faire les bâtons des marcheurs et au passage les manches de pinceaux.

La sonnerie de la porte avait retenti pourtant à la mauvaise heure, la fin de matinée c'est l'heure du facteur et des lettres recommandées. Elle se tenait dans l'encadrement de la porte avec pour tout bagage un sac cabas qu'elle avait fait elle-même, assorti à sa veste ethnique et vintage. Elle confectionnait elle-même les choses qu'elle portait. J'ai toujours su qu'il y avait quelque part une femme qui m'attendait ; finalement, c'est elle qui aura fait le déplacement.

– Martinez est mort, c'est Marcel qui m'a accompagnée à la gare et qui m'a donné ton adresse.

Je la fis entrer en appuyant au passage sur le bouton de la cafetière. Après un rapide coup d'œil autour d'elle, elle déclara :

– Il n'y a pas de place pour toi ici, Lulu.

– Pourquoi tu dis ça, Irène ?

– Parce que tu ne te fais pas de place dans ta propre vie, il n'y a que des tableaux chez toi, il n'y a que des tableaux partout.

– C'est normal, c'est mon atelier.

– Non, pas que, c'est aussi là où tu vis.

– Je vis seul, c'est pour ça que les tableaux m'ont envahi, ils sont autant chez eux que moi chez moi, ils ont besoin de moi autant que j'ai besoin d'eux.

– C'est compliqué pour arriver chez toi, cette ville est une véritable cité lacustre, dit-elle en me montrant ses bas de pantalon mouillés. J'ai dû prendre une barque en sortant de la gare et pour arriver jusqu'ici j'ai dû marcher sur des poutres posées sur des parpaings. Faut pas avoir le vertige. J'ai même dû aider une mamie à porter ses courses jusque chez elle.

– Oui, depuis quelques temps, Saintes est toujours inondée, l'eau ne s'arrête plus de monter même quand il ne pleut pas. Ici moi ça va, au troisième étage je ne risque rien et je suis sous la bénédiction de Saint Eutrope, dis-je en levant les yeux vers le clocher de la basilique.

Elle avança vers le cep de vigne accroché au mur, seule œuvre figurative de mon atelier, tout le reste était abstrait, même les petites toiles que je peignais rapidement en extérieur à la peinture à l'huile sur les bords de Charente, elles ne représentaient pas la réalité. On y discernait difficilement les choses que j'y avais peintes, on pouvait apercevoir du bleu du ciel et du vert des prairies mais rien n'était moins sûr.

– C'est beau, dit-elle devant le cep de vigne, on dirait une explosion ou du feu, en tout cas on ressent de la chaleur, on dirait aussi quelque chose qui va s'envoler avec des cornes et des pieds crochus.

– C'est un cep de vigne, dis-je.

– C'est pas du tout ce que je vois, si tu me l'avais pas dit je ne l'aurais pas deviné, moi je vois de l'ébullition, quelque chose de volcanique mais pas un cep de vigne, ça pourrait être aussi du feu dans une cheminée, et c'est vrai, tu as raison Lulu, la partie marron pourrait représenter du bois en train de brûler.

– C'est tout ce que tu veux, c'est à toi de décider ce que tu vois mais, je vais quand même te montrer le cep.

Je montai sur mon canapé-lit pour me mettre à la hauteur du tableau et pour le lui décrire. C'était bien sûr une erreur mais, j'avais besoin de la convaincre pour me rassurer, les dernières toiles apportées à Vanessa n'avaient convaincu personne, même pas moi. Mon atelier était petit, je manquais de recul pour appréhender mon travail, je voulais profiter du regard neuf d'Irène sans pour autant la laisser voir ce qu'elle voulait. J'étais dans un doute perpétuel et me contredisais. Je n'aimais toujours pas les mots qui s'acharnaient à vouloir parler de peinture. On ne dit pas j'ai oublié de mettre un point sur le vert, on ne dit pas je vais à la ligne mettre un jaune majuscule, on ne dit pas je vais ponctuer le rouge et on ne met pas un accent circonflexe sur le gris du ciel pas plus qu'on ne met un accent grave dans le bleu de tes yeux.

Rien n'est grave quand il s'agit de peinture si ce n'est les mots pour le dire.

— Tu veux un café ? lui demandai-je.

J'attendais qu'elle me parle de la mort de Martinez mais, elle semblait vouloir éviter le sujet, je n'insistai pas, je me sentais coupable, si elle était là c'était de ma faute, j'avais bouleversé son univers, j'avais foutu le feu à toutes leurs affaires, à elle et à Martinez.

— Qu'est-ce que je peux faire pour toi, Irène ? lui demandai-je.

— Je suis à la rue, j'ai besoin de toi. Est-ce-que je peux crécher ici ?

— C'est tout petit ici, tu vois bien, il y a des tableaux partout et comme tu me l'as si bien fait remarquer, il n'y a pas de place pour moi non plus, il n'y a de la place que pour la peinture. T'as pas des potes à Paris qui pourraient t'héberger ? T'as pas de famille ? Et puis il n'y a rien à faire ici, c'est une toute petite ville de province, tu vas t'y ennuyer, même si c'est du provisoire.

— Tu crois que je serais ici si j'avais des potes à Paris ou si j'avais eu une famille ? Tu sais, si j'avais eu de quoi aller ailleurs, je ne serais pas restée chez Martinez non plus. Et chez Marcel c'est plus possible , il a loué le studio.

Je me suis souvenu avec beaucoup de précision des soirées qu'on organisait dans cette fameuse cave sous le bar de Marcel. Des mecs et des nanas venaient poser sous les voûtes, on pouvait à peine se croiser dans l'étroit escalier pour y descendre. On peignait parfois toute la nuit et au petit matin on remontait les toiles à la surface et on les alignait au pied du comptoir. Il n'était pas rare que les premiers clients du matin achètent nos œuvres et alors l'argent restait sur place et repartait dans les calvas. On y a passé un temps fou dans cette cave, des nuits entières à peindre hors du temps. Nous aurions pu nous croire à Montmartre au début du siècle dernier entre Apollinaire et Picasso. Mais non, nous étions rive gauche à l'époque d'internet et des réseaux sociaux bien loin du Chat noir, du cabaret des Quat'z Arts ou du Lapin Agile. Rivés à nos portables nous n'avions rien d'un cénacle de bohême.

Paris a changé depuis longtemps, Dionysos est devenu l'enseigne lumineuse d'un bar cosy et Bacchus achète ses fringues sur internet.

— Il est beau ton cep, Lulu, je t'assure, dit-elle, et on se fiche de savoir si c'est un cep ou autre chose, si tu vois des choses dans les nuages pourquoi pas dans les flammes !

Elle attendit un petit instant avant de conclure :

— Ne crois pas que je vais m'incruster…

XIV

L'après-midi nous sommes allés marcher sur la plage. Il faisait un beau temps d'hiver. Nous nous sommes installés à la terrasse d'un café pas encore ouvert dans la saison mais le patron accepta de nous servir. Irène y avait vu un signe plein de promesses pour la suite de notre histoire, elle disait que tous les deux réunis on dégageait des ondes positives et que les gens les ressentaient.

— Ça te gêne pas, Lulu, si je commande une bière ?

— Non, pas du tout, commande ce que tu veux, pourquoi tu me le demandes ?

— Parce que je sais que tu as arrêté la picole et j'imagine que ça doit pas être facile de voir les autres boire à côté de toi. Chaque fois que j'ai arrêté de fumer j'ai repris à cause des autres, les odeurs de cigarette m'ont à chaque fois fait replonger. Je sais, je sais, je manque sûrement de volonté mais c'est comme ça.

Quelques personnes marchaient en bas sur la plage au niveau du sable mouillé, quelqu'un jetait un morceau de bois à un chien qui courait entre les méduses dans les reflets métalliques du ciel. J'avais la sensation d'être dans l'agréable torpeur d'un dimanche après-midi de printemps ou d'été quand on sait qu'il ne va rien se passer sinon que demain c'est tristement lundi et qu'il va falloir recommencer la semaine. C'était un dimanche à passer en famille sans aucune alerte météo. L'accès des plages de Pontaillac et de la Grande Conche était autorisé. Pas de vigilance orange vagues submersion. Je regardais les méduses échouées comme de pâles soleils délavés.

— Il va y en avoir de plus en plus, me dit Irène avec conviction. Avec le réchauffement climatique les méduses des mers tropicales viennent finir ici. Tu savais que les scientifiques avaient découvert la méduse immortelle ? Bientôt on verra des collecteurs avec des râteaux en train de massacrer la plage à la recherche de la Turritopsis. C'est son nom, la Turritopsis, c'est elle l'immortelle, capable d'inverser son cycle de vieillissement pour retrouver sa jeunesse éternelle. Tu te rends compte Lulu, on sera bientôt tous immortels ! Quelle connerie !

Je l'écoutais presque convaincu. Je me voyais un jour prochain flanqué d'un numéro matricule et d'un râteau à la conquête de l'hydrozoaire des mers tropicales. Autrefois décriée pour son caractère urticant voilà la méduse encensée par une pauvre humanité toujours en quête de sa pierre philosophale.

Irène surfait sur son portable, je me disais qu'on devait être sous surveillance policière et qu'on était certainement géolocalisé et que de toute façon maintenant ça ne changeait plus rien. Il me semblait même qu'une voiture blanche banalisée nous suivait depuis Saintes. Je me méfiais de mes impressions, je savais que ma parano n'était jamais très loin.

Le soir venu à l'atelier, elle cuisina un truc avec de l'ail en buvant du vin qu'elle avait acheté à Royan.

– Tu sais, je sais me faire toute petite. Avec Martinez il n'y avait plus rien entre nous depuis longtemps et de toute façon il bandait plus avec tout ce qu'il s'enfilait. Quand il était violent, j'allais chez Marcel et il m'arrivait régulièrement de rester dormir dans la cave. J'ai eu le temps de lire toutes les inscriptions gravées au canif dans la pierre et j'avais trouvé ton prénom, Lulu, c'est pas un prénom qui court les rues. Je ne t'avais jamais rencontré, mais je savais qui tu étais, Martinez me parlait beaucoup de toi au début. Quand je t'ai vu la première fois j'ai tout de suite su que c'était toi. Il m'avait raconté plein de trucs sur vous, il m'avait raconté toutes les conneries que vous aviez faites, il disait que vous aviez été comme deux frères.

– Et de ma peinture il t'en parlait ?

– Non Lulu, pas vraiment, la peinture c'était ses secrets, personne ne rentrait jamais dans son atelier même pas moi. De toute façon on ne recevait jamais personne, il ne faisait rentrer personne chez lui. Sauf à la fin, il avait invité des journalistes à voir ses toiles, c'était la première fois qu'autant de monde venait à la maison. J'avais préparé des toasts et on avait réussi à avoir du champagne, Marcel nous avait refilé quelques bouteilles qu'on paierait quand on pourrait.

– Et ils ont dit quoi, les journalistes, de sa peinture ?

Avant de me répondre elle me regarda tout doucement comme si elle ne voulait pas que sa réponse me brusque.

– Les journalistes ils ont dit que c'était magnifique, que c'était de la très grande peinture, et qu'ils allaient faire des articles dans les journaux.

– Ils ont fait beaucoup de photos le jour où ils sont venus ?

– Je sais pas, je ne suis pas allée dans l'atelier avec eux, c'était pas ma place, dans l'atelier de Martinez c'était jamais ma place. Faut pas croire, j'étais pas une femme soumise, c'est juste qu'à force de me dire que sa peinture ne me regardait pas j'avais fini par m'en détacher complètement et je m'en fichais. Et je ne suis pas qu'un oiseau de mauvais augure, je sais voir les belles choses. J'ai des projets pour la suite. J'aime la vie, j'aime la couleur, c'est pas pour rien si je fréquente les peintres. J'aime la mode et les beaux tissus, j'aime les vêtements et j'aime coudre et confectionner.

Elle se servit un verre de vin, un autre. Je regardais passer des oiseaux par une de mes fenêtres. Il me semblait que mes souvenirs s'envolaient avec eux dans le ciel du soir, et aussi mon avenir. Pour la première fois je ressentais mon absence, j'allais ou bien j'étais déjà ailleurs.

– J'étais tranquille chez Marcel, reprit Irène. Par les soupiraux on voit passer les jambes des gens qui vont au kiosque à journaux devant l'entrée du métro. Le lit était même plus moelleux que chez Martinez.

– Combien de temps vous avez vécu ensemble, Martinez et toi ?

– Plus de trois ans.

Du plus loin que je me souvienne tu es la seule femme avec laquelle il est resté si longtemps, il t'a aimée, à sa façon, mais il t'a aimée, Martinez n'était pas ce genre de type à s'embarrasser de quelqu'un.

– Quand il était violent, Marcel me disait toujours que ça irait, qu'il fallait attendre que ça passe, moi je trouvais ça nul quand il me disait ça, il y a beaucoup de femmes comme ça qui sont mortes sous les coups de leurs compagnons. Je sentais bien que Marcel se sentait concerné, il ne m'en a jamais parlé, mais je l'ai soupçonné d'avoir connu la violence lui aussi. Il y a des trucs comme ça qu'on ressent chez certains hommes, la violence ça reste, ça laisse des traces, des silences et des regards.

Irène se mit à fouiller dans mes placards à la recherche de vaisselle.

– Tu n'as pas d'assiettes propres ? me demanda-t-elle. Elles sont toutes pleines de peinture !

– C'est pas grave, dis-je. Elles sont propres, la peinture est sèche. On peut manger dedans.

Elle regarda longuement les tableaux autour d'elle et se décida à prononcer ces mots qui avaient du mal à sortir.

– Tu sais, il faut que je te dise quelque chose, j'espère ne pas te vexer, mais ce que tu peignais avant était beaucoup mieux que ce que tu peins maintenant. On est allé voir ta nouvelle peinture avec Martinez chez ta galeriste et Martinez a dit que c'était devenu du beau pour faire du beau, du commercial.

– Au moins, répondis-je, je suis flatté que le grand Martinez ait daigné traverser la rue pour aller voir mes toiles.

– Tu te caches ici, Lulu, tu te caches et tu te punis, tu vis seul entouré de tableaux que tu n'aimes pas, ça se voit, ça s'entend, tu t'ennuies, on ne fait tous que dire et répéter ce que toi-même tu hurles à tout le monde en silence, tu n'aimes pas ta vie sans alcool. Tu peins mieux quand t'as bu.

XV

Depuis plusieurs jours la présence d'Irène me faisait sortir de l'atelier. Elle aimait marcher sur la plage. On aurait dit qu'elle fuyait toujours quelque chose. Elle marchait à mes côtés et je m'étonnais d'être là avec elle. C'était la première fois que j'offrais autant de mon temps à quelqu'un sans râler ni culpabiliser. De toute façon je ne pouvais plus peindre, j'étais en attente, sa présence me prenait trop d'énergie.

Elle buvait, discrètement au début et le plus naturellement du monde ensuite. Nos gestes étaient lents.

On m'avait mis en garde contre tout un tas de choses qui contenaient de l'alcool et qui pouvaient me faire replonger : les aliments, les médicaments, les cosmétiques, les parfums... L'alcool est partout au présent. L'alcool vole une partie du passé et dissimulé, cagoulé, sauvage et à l'affût il n'attend qu'une bonne occasion pour chaparder ce qu'il reste de l'avenir. Pour les types comme moi le combat sera quotidien. Je peins souvent d'une façon mécanique pour dompter et séduire le temps. Si le tableau est réussi c'est un plus, s'il est raté j'en commence un autre. Je sais que la beauté est possible à chaque nouvelle toile, ni comme une victoire, ni comme une défaite mais comme un émerveillement et un recommencement.

Mais jamais personne ne m'avait mis en garde contre les baisers d'Irène qui avaient le bon goût du vin.

Elle passait beaucoup de temps dans son fauteuil à manipuler sa tablette en me faisant partager ses états d'âme.

– Tu savais, Lulu, que les graines de lin qui servent à faire de l'huile pour mélanger les couleurs des peintres, tu savais qu'elles portent en elles la folie destructrice des hommes ? Elles sont irradiées, tous les tableaux peints depuis août 1945 sont contaminés. Amis faussaires, quel que soit votre talent d'imitation, vous serez de toute façon découverts, vous vous ferez pincer, la chimie de votre siècle vous trahira. Vous et vos œuvres vous appartenez bien à cette époque entre guerres et pollutions. Hiroshima et tous ses avatars guerriers ou accidentels hantent depuis longtemps vos créations.

« Tu m'emmèneras en Normandie, Lulu ? On y allait avec Marcel et sa femme dans leur maison de campagne à côté d'Étretat. On allait marcher sur les falaises, j'aimais les grandes marées et avant de rentrer à Paris le soir on restait manger des moules frites. J'aimais beaucoup Le Havre aussi, la mer c'est toujours beau. Marcel m'avait proposé de m'installer dans sa maison de campagne à Benouville pour prendre un peu le large par rapport à Martinez. J'y suis allée, mais je n'ai pas tenu longtemps, sans voiture c'était la galère. Mon plus beau souvenir là-bas c'était le Land-Art. J'aimais construire quelque chose avec les galets sur la plage d'Etretat, j'aimais prendre le temps du beau tout en sachant qu'avec la marée tout allait être recouvert. J'aimais ce temps là. Pas de postérité. La seule chose que nous puissions espérer c'est de laisser la place propre pour les générations futures. Tout le reste c'est de l'orgueil. Moi si j'avais été peintre j'aurais tout repeint en blanc pour remplacer les glaciers fondus.

Ce qu'elle ne me disait pas, c'est que chaque fois qu'elle allait là-bas, elle sifflait les meilleures bouteilles de Marcel. Marcel s'en foutait, mais sa femme ne voyait pas ça d'un bon œil.

Irène mentait toujours un peu, elle arrangeait les choses à sa façon et j'aimais bien ça. Ça ne faisait finalement de mal à personne. Marcel lui avait même proposé un jour de s'installer définitivement dans le studio sous le bar, en échange elle aurait fait le service et aurait gardé pour elle les pourboires des clients. C'était un super plan mais la femme de Marcel avait refusé.

— Tu es comme moi, Irène, tu aimes Paris.

— Oui, Paris c'est ma ville, c'est un peu pour ça que je suis restée si longtemps chez Martinez, son appart' était si grand qu'on pouvait passer des journées entières sans se croiser. Je ne suis pas en train de te dire que je suis restée avec lui par intérêt, je te dis juste qu'on y trouvait tous les deux notre compte. Il avait besoin de moi, la preuve, chaque fois que je partais il revenait me chercher en s'excusant la queue entre les jambes jusqu'à la prochaine embrouille. J'aurais aimé créer ma propre ligne de vêtements uniquement avec de la récup'. Il se fichait de moi, il se foutait de ma vision des choses pourtant on est bien obligé d'admettre que notre monde est malade et qu'il faut tout repenser, il suffit de soulever les couvercles des poubelles dans Paris pour se rendre compte que la société de consommation n'est qu'une usine à déchets.

Je la laissai parler sans vraiment l'écouter et je me mis à penser que c'était un peu ce que j'avais voulu faire avec les encres de sérigraphie, j'avais voulu les détourner de leur vocation industrielle pour les rendre poétiques.

Martinez et Irène vivaient du R.S.A. Martinez n'avait que le R.S.A pour boire, il ne vendait pas encore ses toiles, il peignait pour lui, il cherchait ce qu'il avait à trouver dans la peinture. Il ne peignait pas pour vivre, il vivait pour peindre.

Je crois que si Van Gogh et Gauguin avaient vécu aujourd'hui, ils auraient sûrement un jour ou l'autre fait la queue à la C.A.F.

XVI

Le retentissement médiatique était bien sûr considérable. L'arnaque imaginée par Nickoll faisait le buzz depuis le matin. Il s'était dit victime des obscurs mouvements propagateurs de haine et de violence, décidés à plonger encore plus le monde dans l'obscurantisme. Il avait affirmé le risque d'être éliminé s'il chantait sa comptine.

Irène avait beau savoir qu'une rumeur en chassait une autre, sa déception était profondément douloureuse. Comment un artiste tel que Nickoll, doté d'une voix extraordinaire faite pour chanter l'amour, avait-il pu se hisser au rang des politiques les plus véreux en prostituant sa propre voix ?

Quelques jours plus tôt, Irène était au stade de France. Quand Nickoll avait entonné Pomme de reinette et pomme d'api, elle s'était mise à chanter avec lui, avec les milliers de personnes entassées dans l'enceinte, avec les millions de téléspectateurs. La retransmission avait été mondiale. Elle avait cru pouvoir faire taire les beuglements des faiseurs d'apocalypses, encouragés par ceux qui espéraient voir la tête de Nickoll éclater comme une pastèque bien mûre.

Une fois de plus, Irène se sentait abandonnée. Je l'écoutais et sentais que je ne pourrais ni la calmer ni la consoler, en constatant qu'une fois de plus je ne pourrais pas peindre.

– Tu te rends compte, Lulu, on s'est encore fait arnaquer. Il a récolté des millions d'euros avec son concert truqué. Il a pris le pactole, il nous a tous roulés dans la farine avec ses discours sur la paix, il a même osé parler d'écologie. Avec l'argent récolté, il s'est fait construire une fusée pour s'envoler loin de la Terre. Il fait partie de ceux qui veulent fuir, ils construisent des cités interplanétaires puisqu'ici tout est pollué et déjà obsolète. Ils se piquent tous à la turritopsis pour grapiller quelques malheureux grammes d'éternité. Tu parles, ils vont surtout recommencer les mêmes conneries, c'est couru d'avance. Qu'il aille chanter pour les Martiens, ce con ! De toute façon, sur Terre, il est complètement grillé.

– C'est pas si grave, Irène.

– Non, Lulu, tu te trompes. Y en a marre de tous ces riches qui nous prennent pour des cons. Et en plus, il nous volent la beauté.

– Alors, c'est que ce n'était pas la vraie beauté.

XVII

Irène dormait encore, j'en profitai pour sortir. J'avais besoin d'être seul, je voulais juste peindre.

Je n'avais plus depuis longtemps mon téléphone sur moi, je le laissais toujours à l'atelier. Les seules personnes dont j'aurais aimé entendre la voix étaient mon fils Léo et sa maman, non pas pour savoir comment elle allait, mais juste pour savoir comment ça allait. On est rongé par les deux bouts de l'amour, celui d'avoir été créé et celui d'avoir créé à notre tour. L'amour ne devrait pourtant pas être un segment froid et délimité, mais plutôt un arrondi souple et infini comme un sourire, le sourire des pères envers leurs fils. À quoi bon me trimballer avec un téléphone devenu inutile. Il ne me servait qu'à prendre en photo les tableaux pour alimenter mon compte Instagram. L'avantage de la photo, c'est qu'elle me permettait de pérenniser mes œuvres en cours d'élaboration, je veux dire celles que je confectionnais à l'acrylique par collages et superpositions. Pas la peine de les fixer ou de les vernir : une simple photo suffisait. Un clic, et l'œuvre existait même à l'état d'amas de matières diverses, un autre clic et l'œuvre circulait sur les réseaux alors qu'elle n'existait déjà plus. Elle n'était qu'une image élaborée et améliorée par les filtres d'Instagram dont les applications permettaient d'en modifier la luminosité, les contrastes et surtout, ce qui m'intéressait le plus : la structure.

Ce matin-là, ce que je voulais c'était juste peindre. Je voulais juste qu'on me foute la paix. Si j'avais eu un hangar ou un grand atelier j'aurais pu m'y abriter pour y faire mes expériences artistiques. Alors j'avais choisi un champ loin du regard des hommes. Les seuls humains auxquels je pensais et dont je me sentais concerné étaient les peintres du monde entier dont je connaissais les œuvres sur Instagram.

J'allais concevoir une œuvre éphémère que j'allais partager avec eux ce matin. Nous ne nous connaissions pas, nous ne parlions pas la même langue et pourtant nous étions si proches dans notre quête d'images et de beauté. Nous parlions le monde du silence, celui des couleurs et des formes.

J'avais déroulé des dizaines de mètres de papier kraft marron sur la terre et sur l'herbe encore humide du matin. J'avais au préalable froissé le papier pour faire des petites dunes aux arêtes abruptes sur lesquelles j'allais faire couler de l'encre de Chine sépia. Par endroits, avec de l'eau de javel, j'avais brûlé le kraft devenu jaune transparent. Je saupoudrais des pigments terre d'ombre qui, une fois déposés, ressemblaient à des ripple-marks à la surface des plages de papiers. Parfois les rides étaient heureuses, parfois elles ne ressemblaient qu'à des monticules inutiles et perdus pour un peintre, mais pas pour un photographe.

Je commençais à photographier ces accidents calculés entre plages d'encres et dunes de pigments. Comme disait le peintre Jackson Pollock je maîtrisais le hasard.

Pendant qu'elle dormait j'avais subtilisé le téléphone d'Irène. À mon grand soulagement je constatais que toutes les photos que j'avais prises le soir du meurtre étaient dans sa galerie. Avant de continuer à peindre je les transférais toutes sur mon téléphone resté à l'atelier. J'allais aussi me servir de celui d'Irène pour faire mes photos ce matin-là.

Je marchais entre les rouleaux de papiers calés par des pierres. Cette façon de peindre avait quelque chose de félin, il fallait ressentir avec une vision périphérique et survoler l'élaboration de l'œuvre comme un chat autour de sa proie, sans vraiment regarder.

Des transitions délicates apparaissaient entre les encres et les pigments, parfois l'eau de javel aspirait tout l'ensemble dans de merveilleux hasards fragiles, tachés et vaporeux. J'étais dans un de ces moments où l'acte de peindre était plus important que le résultat quand l'euphorie l'emporte et que le temps devient enfin un ami auquel on n'a aucun compte à rendre. La technologie me permettait surtout d'éterniser ces instants.

— C'est étrange cette façon de peindre ! dit une voix dans mon dos.

Je me tournai et levai les yeux. L'homme qui s'adressait à moi avait une tenue de ville inadaptée pour l'endroit. Je pensai tout de suite à un flic.

— Je passais sur le chemin juste derrière et j'ai vu sur votre pare-brise que votre contrôle technique n'était pas à jour, votre véhicule n'est pas en règle.

Je dévisageai cet homme qui semblait seul mais qui avait la redoutable efficacité de tout un peloton de gendarmerie au grand complet. En principe un flic n'est jamais seul, pensai-je, en tout cas c'est ce que j'avais toujours entendu dire. J'ai bien sûr tout de suite pensé à mon arrestation, mais si les flics étaient venus pour ça ils seraient sûrement venus nombreux et certainement pas habillés en costume d'huissier de justice.

— C'est étrange cette façon de peindre, répéta-t-il. Et ça va mettre un temps fou à sécher, je veux dire toute cette encre, c'est intransportable en l'état, comment allez-vous faire pour ramener tout ça chez vous ? Et vous n'avez pas peur qu'il se mette à pleuvoir ou que le vent se lève ?

— Le but c'est de prendre les papiers en photo, pas de les transporter.

— Je comprends, dit l'homme, c'est la première fois que j'assiste à cette façon de peindre.

Bien sûr que non, bien sûr qu'il ne comprenait pas. Ses chaussures vernies étaient ridicules dans la terre fraîche et collante.

— Qu'est-ce-que vous me voulez ?

— Rien, je vous assure, je passais par hasard et j'étais intrigué par tous vos papiers déroulés sur le sol.

— Je ne laisserai rien derrière moi, quand j'aurai pris suffisamment de photos je ramasserai tout et je mettrai tout dans des sacs poubelles. La seule chose que vous pourriez me reprocher, c'est qu'un peu d'eau de javel ait traversé les papiers, mais je ne crois pas que ce soit une grande cause de pollution. Il ne restera rien de mon passage dans votre champ, ne vous inquiétez pas !

— Mais ce n'est pas mon champ, je passais par hasard, c'est tout. La peinture m'a toujours intrigué, insista-t-il.

J'en avais croisé des centaines, des types comme lui, quand j'exposais dans les salons. Beaucoup d'entre eux estimaient la valeur d'une toile à la force de leur démonte-pneus, leur seule grille d'évaluation en matière d'esthétique étant la ligne et la couleur de leur voiture fabriquée à la chaîne par une main d'œuvre bon marché. Ils trouvaient leur bonheur en général chez Castorama ou chez Ikéa où ils pouvaient s'offrir une déco flatteuse et peu onéreuse.

Flic ? Huissier ? Contrôleur de la C.A.F ? Agent quelconque assermenté ? Tout s'est mélangé dans mon esprit. J'ai sorti le revolver de Martinez de ma poche et l'ai pointé sur l'homme.

– Mais qu'est-ce-que vous faites ? Vous êtes fou ! hurla-t-il en levant les mains les yeux écarquillés. Je travaille juste pour un institut de sondage et je voulais juste vous poser quelques questions. Si vous répondez bien vous pouvez gagner une voiture neuve avec toutes les options, quand j'ai vu votre vieille voiture à l'entrée du chemin, je me suis dit que cela pouvait vous intéresser ! C'est tout ! Je vous assure que je ne vous veux aucun mal !

– Et moi je voulais juste peindre.

Ça a fait clic, comme quand on prend une photo mais le temps ne s'est pas arrêté, le barillet était vide, Martinez avait dû le vider un soir de beuverie en tirant sur des pigeons. Ce type avait eu de la chance ce matin-là que le vieux revolver ait appartenu à Martinez, parce que Martinez ne faisait pas les choses à moitié, son barillet était évidemment entièrement vide comme un tube de peinture qu'il aurait achevé. Martinez était un grand coloriste et il n'était pas du genre à tirer à blanc.

Je suis rentré tranquillement. Des souvenirs sans gloire remontaient à la surface : conduite en état d'ivresse, récidives, insultes à agent, délits de fuite, découverts permanents à la banque, mauvais père, mauvais citoyen, on pouvait me reprocher tellement de choses. Irène avait fait couler du café et ça sentait bon les tartines grillées. Je m'effondrai dans ses bras en lui rendant son téléphone. Ça faisait longtemps que j'avais envie de pleurer.

La nuit dernière j'ai rêvé lui dis-je. À 0 heure 14, la tour Montparnasse a pris son envol. Elle a laissé après son décollage un trou béant, un cratère immense dévoilant les entrailles de Paris. Elon Musk avait bien suggéré d'utiliser la Tour Eiffel comme rampe de lancement pour envoyer ses fusées sur Mars, finalement c'est la tour Montparnasse toute entière qui s'est envolée à la surprise générale. Aérienne, légère, elle s'est élevée comme une méduse gracieuse dans le noir courant lumineux de la nuit en évitant de passer par la Lune parce que le poisson lune, c'est bien connu, est le principal prédateur des méduses.

– Qui te dis que c'est un rêve Lulu ? me demanda Irène songeuse, qui te dis que ce n'est pas arrivé ou que ça ne va pas arriver ? Moi j'y crois à tes rêves.

XVIII

Quand j'y pense, toute cette histoire me semble réelle. Je sais que j'ai peint tous les tableaux que j'ai peints, je me souviens de leurs odeurs et de leurs textures. Je me souviens aussi du portrait d'Irène. Je me souviens du dernier jour passé avec elle, j'avais mis les radiateurs à fond, je savais que je ne paierai plus les factures d'E.D.F. ni toutes les autres. Il n'avait jamais fait aussi bon chez moi. Le matin, Irène avait vu sur sa tablette que quelque part sur la planète des types avaient envoyé des bombes sur la tête d'autres types parmi lesquels il y avait des femmes et des enfants. Je ne me souviens plus où c'était, c'était loin de nous mais, ça se rapprochait.

Elle avait fermé les persiennes, c'était la première fois que quelqu'un touchait aux persiennes chez moi. J'habitais au troisième sans vis-à-vis. Le jour je peignais à la lumière du soleil et la nuit je laissais la lune danser sur les murs. En ce jour froid mais ensoleillé les lamelles des claires-voies faisaient des rectangles lumineux et allongés sur les murs, j'avais l'impression d'être ailleurs que chez moi. C'était agréable et dépaysant et ça me donnait envie de peindre. Je comptais les rectangles allongés sur le mur jusqu'à ce qu'ils fassent un nombre pair.

Je m'étais noyé dans les yeux d'Irène. Elle m'avait autorisé aussi à pénétrer ses pensées. Elle avait déroulé pour moi généreusement l'écran blanc de ses souvenirs les plus proches sur lequel se projetait un film sans surprise. J'y avais vu la rue de la Gaîté le soir sous la pluie et Martinez qui marchait dans les flaques et qui vivait ses derniers instants. Le film s'était accéléré brusquement et c'était elle, Irène qui l'avait poussé à bout le soir où je l'ai tué. C'était elle qui détenait la clé de son génie, sans elle il ne pouvait plus peindre. Le film s'était encore accéléré et Martinez sortait du champ, je pouvais prendre sa place dans le film aux côtés d'Irène.

– Quand tu jouis Lulu tu t'empêches pas de crier, c'est bon de t'entendre jouir, la plupart des hommes que j'ai connus étaient dans la retenue, ils voulaient toujours tout maîtriser comme si crier leur plaisir leur faisait honte. Toi au moins quand tu prends ton pied ça s'entend.

Je l'écoutais en somnolant sur l'oreiller. Elle sirotait du rouge et parlait beaucoup.

– Durant toutes ces années Martinez ne m'a jamais peinte, il n'a jamais voulu faire mon portrait.

– C'est parce que c'était un peintre abstrait.

– Quand on s'est rencontré il dessinait les gens devant Beaubourg pour gagner sa croûte et il avait un très bon coup de crayon.

– Et pourquoi tu t'es pas fait dessiner par lui ce jour-là ?

– Parce que j'avais pas un rond sur moi. Il m'a juste payé un verre et il m'a dit qu'il me dessinerait un jour et évidemment il ne l'a jamais fait. Tu crois pas qu'il aurait pu me faire ce cadeau ?

– C'est parce qu'il était déjà dans ses recherches abstraites, dis-je sans conviction. Il n'avait plus le cœur à dessiner des portraits, ce qu'il voulait c'était peindre ses toiles abstraites.

– Et toi, Lulu, tu feras mon portrait un jour ?

– Oui, bien sûr, Irène. Sans hésiter.

– Avec tes encres ? Comme avant ?

– Oui, avec mes encres.

Elle laissa passer un court silence et reprit :

– Pourquoi t'as emprunté mon téléphone ce matin ?

– Pour faire des photos dans un champ.

– C'est tout ? T'es sûr ? C'est que pour ça ?

— Non Irène, c'était aussi pour vérifier si tu avais toujours les photos des toiles de Martinez dans ta galerie.

Je roulai une cigarette pendant qu'elle se resservait un verre.

— Et toi, Lulu, t'aurais fait quoi si tu n'avais pas été peintre ?

— Rien, je n'ai jamais rien pu faire d'autre. Le seul métier que j'ai vraiment exercé aura été sérigraphe sur verre. La plaisanterie aura duré presque deux ans.

— T'as pas l'air d'en avoir gardé un bon souvenir.

— C'est le moins qu'on puisse dire, j'ai passé la moitié de mon temps à être absent. Je ne trouvais pas ma place parmi les autres. Mon travail consistait à imprimer des vitres destinées à l'encadrement. La seule chose qui me plaisait et me faisait rêver c'était la beauté des encres que j'utilisais et leurs odeurs enivrantes. Un jour il y a eu le matin de trop, celui du jour de trop. La veille j'avais travaillé normalement, sans retard ni absence, et ce matin-là je vérifiais ce que j'avais imprimé. Je sortais du four les vitres colorées, elles avaient eu toute la nuit pour finir de sécher. Je constatai que l'impression était de mauvaise qualité, je pris la première vitre et la jetai contre le mur, et la seconde et la troisième et ainsi de suite jusqu'à ce que le sol de l'atelier soit jonché de débris de vitres. Mes collègues hurlaient après moi, mais je ne les entendais plus. Je n'entendais plus personne.

Les vitres voltigeaient dans les rayons matinaux du soleil, il neigeait du verre coloré. Mes mains saignaient. Je claquai la porte de l'atelier, sans indemnité ni chômage. Avant de partir j'ai pris le temps de remplir mon coffre de voiture de tout un tas de pots d'encres de sérigraphie, toutes plus belles les unes que les autres. Ma préférence allait vers les noires et les jaunes.

Ce jour-là j'ai tout plaqué, j'ai dormi dans ma voiture et dans les halls de gare, j'ai pris des trains au hasard. J'ai habité partout sans que ce soit quelque part, j'ai traversé cette partie de ma vie sans savoir que c'était la mienne et le pire c'est que j'étais bien, je me sentais libre. J'ai même été heureux dans ces moments-là, mais ça, je ne peux pas le dire à n'importe qui. J'ai tellement aimé marcher à contresens sur les bords des routes. J'aurais pu passer ma vie à être un homme heureux mais beaucoup trop de gens ont cherché à me soigner. J'ai fini par courber l'échine, Martinez avait raison, j'ai cru pouvoir avoir une vie normale mais décidément je n'y suis pas arrivé. J'ai fait des cures comme autant de bonnes résolutions avortées.

– Tu tiens le coup, Lulu, me dit Irène sans y croire vraiment.

– Je m'ennuie. J'ai bu des nuits entières en écoutant la grandeur des choses qui me visitaient. Assis seul sur une pierre sous le ciel, j'ai bu sous les arbres en contemplant la grandeur de mes néants. Le vent me caressait. J'ai bu jusqu'aux matins sans réveil, j'assistais le jour quand il se levait. Il me disait que je pouvais rester là à le contempler et qu'il aurait encore besoin de moi pour l'assister durant son coucher. Il me demandait de prendre du temps avec lui, et de laisser les autres courir après rien.

Si le vin avait été bleu je l'aurais bu avec les poètes, il était rouge alors je l'ai bu avec les couchers du soleil. Il n'y a pas de buveur malheureux mais juste des hommes qui n'ont plus de rêves. J'espère un jour prochain où je pourrai encore lever mon verre aux ivresses de l'aube.

– Je vais prendre soin de toi. Tu n'es plus tout seul, on est pareil tous les deux. Il ne faut pas rester ici, c'est trop petit pour nous et ta peinture, je vois bien que tu tournes en rond depuis que je suis là, tu ne peins plus, il faut qu'on trouve un truc plus grand.

Je m'étonnais qu'elle puisse encore parler d'avenir.

– Tu sais, Lulu, je me fous de ce que tu as fait, pars avec moi.

XIX

Des fois je me suis demandé si c'était pas à cause de Van Gogh ou plutôt grâce à lui. J'ai longtemps eu l'impression de voir la Provence à travers ses toiles, comme si elles étaient pour moi des fenêtres ouvertes sur le monde. Van Gogh a exercé sur moi une véritable fascination, comme quand gamin j'avais assisté à l'embrasement d'une pinède. Le mois d'août sublimait la Provence, l'incendie s'était déclaré du côté des Alpilles et galopait au rythme du Mistral. Les oiseaux et les cigales ne chantaient plus. Les arbres s'embrasaient aussi petits que des allumettes frottées sur le bleu violacé des collines. Les couleurs s'enflammaient dans mes yeux, les odeurs d'essence m'imprégnaient de leur chaleur. Plus tard je les ai peintes, ces étendues sans arbres, écrasées de soleil et loin des hommes dans le vent chaud et calciné de l'été.

Encres de Chine, blancs acryliques, pigments saupoudrés à la spatule, médiums et vernis, gris, noirs, sépias, recherche des valeurs, garrigue, vent tiède qui fait trembler la végétation pas plus haute que le kermès et le genévrier et que seuls dépassent religieusement les clochers alignés des cyprès. Et pourquoi les traces de fourchettes dans la purée devraient-elles être éphémères, il suffit de prendre une photo.

Si l'enfance pleure souvent quand elle est petite, à nous de savoir la faire chanter quand elle est plus grande, même s'il faut parfois toute une vie. Le secret de maître Cornille, la chèvre de monsieur Seguin, un fil d'Ariane traverse la Provence d'un bout à l'autre de mon enfance. Le ravi, le rémouleur, le meunier, le puisatier, tous les santons d'argile se couchent dans la matière de mes toiles. Après toutes ces années de doutes et de recherches j'y serais arrivé si j'avais suivi la lumière. L'épaisseur, la pâte, le sable, elle était là ma peinture, encore hésitante et maladroite. Je n'ai pas su attendre, j'ai rivalisé alors qu'il fallait peindre. Pardon, Martinez, de nous avoir gâchés toi et moi.

Il y a eu trop d'automnes abîmés par la sonnerie de l'école et alourdis par le poids des cartables. Il paraît pourtant qu'en automne les arbres sont si beaux. Il y a eu trop de plumes sergent-major trempées et échouées dans les encriers où marinaient des bouts de craies et de papiers buvards. Trop de proximité de radiateurs au fond de la classe près de la fenêtre, la peur au ventre, dans l'impossibilité et l'inutilité de fuir. Depuis longtemps toute forme d'autorité n'a plus de crédit. Tant que des êtres humains continueront à envoyer des bombes sur la tête d'autres êtres humains, aucun être humain ne sera crédible dans ses sermons. Tous les enfants le savent, les adultes se chargent de le leur faire oublier. *Pomme de reinette et pomme d'api...*

Irène et moi laissâmes passer un long silence.

– Tu veux me parler de la mort de Martinez, Lulu ? me demanda-t-elle comme si elle voulait qu'on parle de la pluie et du beau temps. Je levai en souriant les yeux vers elle.

– Tu sais, Irène, c'est pas parce qu'on tue les gens qu'on les aime pas. Le soir de la mort de Martinez, je buvais tranquillement un coup chez Marcel. Si tu n'avais appelé qu'une fois, je ne me serais pas déplacé. Mais tu as appelé deux fois.

– Tu voulais pas me voir ?

– J'ai pas dit ça, Irène, j'ai pas dit que je voulais pas te voir, j'ai dit que je voulais pas vous voir, je n'aimais pas vous voir ensemble.

– T'étais jaloux ?

– Peut-être. Je ne sais pas si tu te souviens mais quand il m'a vu ce soir-là Martinez est entré dans une colère noire. Il hurlait que j'étais venu pour te baiser, on en est venu aux mains, il est tombé, j'ai continué à le frapper jusqu'à ce qu'il ne bouge plus. Je suis allé dans son atelier chercher la corde et je l'ai pendu. J'ai pris du white-spirit et j'ai tout aspergé, lui, les meubles et les tableaux. J'ai frotté mon briquet et tout s'est embrasé. Je t'ai rejointe dans l'autre partie de l'appartement où tu comatais et je t'ai aidée à sortir dans la rue, et je suis parti.

Irène écoutait sans broncher, elle déclara :

– Je m'en souviens, j'étais dans la pièce à côté, mais je m'en souviens. Depuis le début je savais que Martinez ne s'était pas suicidé. La police m'a interrogée, mais j'ai dit que je ne savais rien, que j'avais rien vu de là où j'étais et que j'avais trop bu moi aussi.

– Et ton téléphone, la police ne l'a pas saisi ?

– J'ai dit qu'il avait brûlé lui aussi et je l'ai éteint jusqu'à ce que je vienne te retrouver. J'avais bien vu que tu t'en étais servi pour prendre les toiles de Martinez en photo et c'est grâce à toi d'ailleurs que j'ai pu enfin les voir pour la première fois, puisque leur accès m'était interdit. Elles étaient vraiment superbes.

– C'est pour ça que tu es venue jusqu'ici, pour m'apporter ces photos ?

Elle ne me répondit pas, elle ajouta simplement :

– J'espère au moins qu'on aura le temps d'aller voir l'Hermione, j'ai toujours rêvé de la voir en vrai.

XX

Elle alimentait ses biais cognitifs sur les réseaux sociaux. Elle était assise dans son fauteuil, les genoux en appui sous son menton, confortablement lovée dans ses bulles de filtrage. Les algorithmes entretenaient et renforçaient ses certitudes comme autant de parfums familiers et invisibles vaporisés autour d'elle.

L'effondrement de notre civilisation industrielle était pour bientôt. J'entendais des mots que je ne connaissais pas : colapsologie, solastalgie, permafrost, pergélisol, boucles de rétroaction positives et bien d'autres encore. Google ordonnait et confirmait ce qu'elle voulait savoir, elle n'avait qu'à cliquer sur des vérités aux existences prouvées et éviter de cliquer sur les possibilités d'inexistence de ces mêmes vérités. De fakes news en rumeurs elle surfait sur l'inévitable fin du monde. L'effondrement de la biodiversité, l'effondrement des espèces, l'élévation des températures, les réfugiés climatiques, les pénuries… Nous étions arrivés à un point de non-retour.

— Tu sais, Lulu, si beaucoup de choses nous prouvent aujourd'hui qu'on réagit beaucoup trop tard, il y a encore beaucoup de choses à faire pour notre planète. Par exemple c'est pas parce que ton foyer est petit qu'il n'est pas énergivore. Il faut apprendre à éteindre les lumières inutiles et faire chauffer juste l'eau dont tu as besoin pour tes pâtes et ton café. Le respect de la planète ça commence à la maison et quand on est respectueux de son chez soi et qu'on s'y sent bien on a envie que ça continue à l'extérieur.

Et pourquoi pas après tout ? pensai-je. Quelque part ce point de non-retour m'arrangerait peut-être, que le monde s'écroule m'éviterait de fuir ma propre réalité.

— En fait je suis venue te chercher, Lulu, pars avec moi, quittons tout, rejoignons ces types qui vivent dans des fermes, réapprenons à vivre avec la nature, on est pareils toi et moi Lulu, on est faits pour un autre monde.

Je l'écoutais, je la regardais j'avais souvent envie de lui demander de poser sa tablette, mais de quel droit ? Je me disais que le grand Martinez devait être allongé sur une table d'autopsie, je me demandais ce qu'il pouvait bien rester de lui, rien qu'un pauvre tas de cendres sur lequel j'aurais aimé souffler pour l'éparpiller aux quatre vents de l'oubli.

Pendant quatre ans, j'avais réussi à mettre les 296 mètres de long de la rue de la Gaîté entre Martinez et moi. J'ai évité la rue de la Gaîté pendant tout ce temps. Parfois j'emmenais mon fils marcher dans le cimetière, mais c'était en journée et c'était du côté de la rue Froideveaux. Je savais que Martinez n'y foutait jamais les pieds surtout à l'heure où je sortais, c'était l'heure où il devait cuver ses bières. C'est fou quand on y pense comme les distances peuvent devenir grandes si on décide de ne plus aimer les gens. 296 était devenu pour moi un simple nombre quelconque et ordinaire que j'avais altéré et déguisé au gré de mes recherches sur internet. 296 mètres c'était par exemple la hauteur de l'Emirates Crown, un gratte-ciel de Dubaï. 296 mètres c'était aussi la hauteur d'un des plus hauts gratte-ciels du Japon, le Land-Mark Tower. C'était aussi le nombre de places d'un avion d'Air-Europa ; 296 places pour 60 mètres d'envergure, 3 vols par semaine de Medelin et 4 de Panama. Il y avait aussi le 296 rue Colbert à Tourcoing et le 296 rue Paradis à Marseille. 296 mètres c'était aussi la hauteur d'une station météo aux premières loges des intempéries climatiques et des boucles de rétroactions positives.

La première bouteille de vin a coulé rapidement dans mon gosier et je me doutais bien que ce serait merveilleux, je retrouvais le goût si familier et si prometteur de l'ivresse. Irène s'était endormie, sa respiration disait qu'elle dormait profondément comme un petit animal blessé. Nous étions dans quarante mètres carrés avec les persiennes fermées pour que la lune rentre en tranches comme un fruit exotique qui éclaboussait les murs de ses portions géométriques. Je savais que dorénavant les oiseaux du printemps chanteraient en hiver de plus en plus souvent, les températures continuaient à s'élever.

J'ouvris une seconde bouteille pour dépasser et conforter l'ivresse de la première. Je posai sur mon chevalet une toile vierge. Je montai sur une chaise pour accéder tout là-haut à la dernière étagère au niveau des poussières éternelles. Je fouillai pour saisir les pots d'encre de sérigraphie cachés là depuis quatre ans. Un pot de noir que Vanessa aimait tant, ce noir encore industriel que j'allais savoir rendre poétique et le jaune de chrome qui cachait tant de soleil. J'allais peindre en une seule séance le portrait d'Irène.

XXI

Une toile étrange prit forme sous mes yeux. Irène baignait dans la lumière jaune d'un long couloir. Je dirigeai mon téléphone dans sa direction, elle me souriait, j'avais activé la reconnaissance faciale. Les données biométriques se stabilisèrent dans un bip d'authentification et les données s'affichèrent : Irène Chassac, 40 ans, mortelle, fécondable, dépendance alcoolique et médicamenteuse, etc. Je fis glisser mon doigt sur l'écran et tout un tas de propositions défila. « Créez votre impression sur toile à partir de votre Android en utilisant les images stockées dans votre téléphone. Impression sur toile polyester tendue sur châssis en bois. » Il aurait suffi que je clique sur imprimer et les portraits d'Irène se seraient déposés sur la toile, certifiés conformes par Amazon : Irène en rousse, Irène en blond vénitien, Irène en bleu, Irène en mec, Irène en Lulu, Irène en Hitler, Irène en nuage...

Le génie de Martinez semblait rire en me criant :

— Appuie, appuie ! Appuie, appuie, Lulu ! Puisque tu ne sais pas peindre, la technologie va le faire à ta place !

— Non Martinez ! m'écriai-je, je vais la peindre, moi, puisque toi tu n'as jamais voulu le faire.

Je me suis mis à peindre la lumière jaune avec plus d'insistance. Le jaune me dégoulinait sur les pieds. En l'air virevoltaient des bulles qui s'éclataient contre les murs, leurs embruns parfumés s'éteignaient comme des flammeroles sifflantes en jetant dans un dernier sanglot silencieux des pépins odorants au fruit de la passion. Par terre je peignis en blanc le miroir d'un parquet. Je peignis des arcs-en-ciel qui s'élevaient jusqu'au plafond comme des toboggans sur lesquels glissaient des néons qui s'écrasaient en taches vacillantes. Je peignis des éclaboussures au bas des murs et des ronds dans l'eau qui se brisaient contre les plinthes sans gémir. Je peignais un monde sans douleur et Irène souriait dans une perspective frontale où les murs se rejoignaient. Je peignais le bleu pétillant de ses yeux, mais peindre Irène ce n'est pas que peindre son visage oblong et sa peau légèrement basanée, ce n'est pas que peindre les piercings argentés de son nez et de ses oreilles, ça n'est pas que peindre ses cheveux bleu nuit. Peindre Irène c'est peindre l'extinction d'un monde. J'aurais tellement aimé la peindre dans un champ de blé mais, elle m'aurait dit que les grains étaient transgéniques et que les abeilles étaient estampillées Monsanto.

Je mélangeais la peinture à l'huile et les encres, comme autrefois sans me soucier de solidité. La vision se précisait, le long couloir était celui d'un hôpital dans lequel Irène avançait. Je peignis deux rigoles de chaque côté jusqu'à une évacuation en entonnoir où s'entassaient des caillots. Sur un piédestal, dans une boule de cristal une buée éclatait à un rythme parfaitement régulier. Entre chaque pulsation la buée se dissipait comme la fumée légère d'un pot d'échappement qu'un piston rejetterait lentement. C'était le cœur d'Irène qui battait là, un organe humain comme un poisson rouge dans son bocal. Son cœur se purifiait, se nettoyait, ses angoisses s'écoulaient dans les rigoles et parfois on entendait au fond de l'entonnoir s'entasser des caillots de désespoir ; c'étaient ses chagrins qui se déversaient. Dans cet hôpital on soignait aussi les chagrins d'amour, on soignait ceux qui avaient tout donné, qui avaient tant espéré de l'autre parce qu'ils n'avaient rien à attendre d'eux-mêmes. C'était aussi ici que naissaient les poètes.

D'un revers de bras je débarrassai la table devant moi pour y déposer le tableau à plat. Avec des manches je fis couler les encres qui se répandaient jusque sur le sol. Je les récupérai pour les rajouter à la pâte épaisse de la peinture. Je retouchai, j'arrondis la masse des cheveux en sculptant quelques mèches rebelles du bout de mon pinceau pour les retenir à jamais dans ma peinture.

Une fois le tableau terminé je me servis un dernier verre de vin, j'observai Irène encore endormie, je ne la reverrai plus jamais. Je lui laissai le tableau en guise d'adieu, elle ne me rendra jamais visite en prison. J'aurais au moins aimé qu'elle vienne me dire si le tableau avait tenu dans le temps. Je pense qu'elle doit habiter aujourd'hui dans une ferme résiliente permacole protégée par des types armés au fin fond d'une campagne raisonnée. Je lui souhaite de vivre longtemps, très longtemps.

XXII

Il aurait suffi que je change la couleur du ciel et la destination n'aurait pas été la même. Du bout de mes pinceaux tous les voyages ont toujours été possibles. J'ai toujours aimé conduire, conduire c'est comme peindre on n'est pas sensé savoir où on va. Cette nuit là je ne modifiais rien, je ne changeais pas le ciel, je roulais décidé vers Royan en laissant le noir à la nuit.

J'avais enfin les toiles de Martinez dans la galerie photo de mon téléphone. Lui qui n'avait jamais voulu exposer avec moi je lui réservais une belle surprise. J'espérai que de là où il était, il pourrait contempler l'expo que j'organisais. Ses toiles et les miennes, côte à côte sur les réseaux sociaux.

Lors de nos balades avec Irène sur la plage nous avions remarqué une maison de type cottage qui ressemblait à une gare avec ses larges débords de toiture. Elle m'avait dit qu'elle aurait aimé habiter une maison comme celle-ci.

La villa offrait une large façade. Derrière elle, caché par les pins s'étendait un vaste terrain en pente bordé par la mer. Je pourrais décrire cette maison comme si c'était la mienne, elle m'a accueilli et m'a permis de peindre mes dernières toiles.

J'escaladai le mur côté mer avec mon matériel de peintre et de quoi manger et surtout boire pour quelques jours. J'avais reçu quelques jours plus tôt une lettre de monsieur Berron accompagnée d'une coquette somme d'argent.

Mon cher Lulu,

Ma santé s'est rapidement dégradée, je ne peux plus me rendre à la galerie de notre amie, je vous envoie en toute amitié cette somme d'argent pour vous aider à continuer.

Peignez, mon cher Lulu !

Pierre Berron

En marchant sur le terrain sablonneux j'aperçus un belvédère en forme de kiosque à musique posé sur la clôture, on aurait dit une petite lanterne allumée de lune. J'entrai dans la maison, aidé d'un pied-de-biche, le plus délicatement possible. Le vestibule était éclairé par une verrière, un parquet craquait sous mes pas. Dans le salon des gens en photo me regardaient, je ne les connaissais pas, ils formaient une famille. Sur les photos c'était toujours l'été, on voyait la maison en arrière-plan. J'en déduisis que je ne serais pas dérangé en ce mois de janvier.

Une fois sur la terrasse je contemplai la mer et dans l'air de la nuit je ressentis enfin le souffle de Martinez. Il était là tout contre moi, dans mes pensées. C'est lui que j'allais peindre dans cette maison avant l'arrivée de la police. J'allais peindre cinq toiles, cinq portraits de lui. Sur chacune d'entre elles on reconnaîtrait la rue de la Gaîté à différentes heures du soir et de la nuit. J'allais le peindre à l'encre noire, se répandant avec ses grosses mains pleines de coups, avec le regard et le sourire de sa mère.

Je publiai nos œuvres côte à côte. La course aux likes pouvait commencer. Mais le lendemain matin je constatai que leur nombre était à mon goût insuffisant. J'élargis alors mon choix de hashtags et surtout je rajoutai des photos où l'on voyait Martinez accroché au bout de sa corde tandis que des flammes bienveillantes lui léchaient les pieds. J'avais photographié et filmé sa pendaison, j'avais photographié et filmé mon crime. Irène le savait bien sûr depuis le début. Elle était venue jusqu'à moi avec ces images accablantes stockées dans son téléphone portable.

Un jour, bien plus tard après ma sortie de prison, je me rendrai sur la tombe de Martinez au cimetière Montparnasse. Je découvrirai par la même occasion où était enterrée sa mère, lui qui n'allait jamais fleurir sa tombe.

Certains comptent leurs anniversaires en printemps, c'est une belle façon de rendre hommage aux cycles de la vie, ils savent qu'après leur mort le soleil continuera de se lever et qu'ils font partie de ce rituel immuable, ils y participent en permettant aux autres de cueillir leurs propres printemps à leur tour. Pierre Berron était de ceux-là. La mère Martinez, elle, non ; sa mort avait précipité celle de son fils parce que chez les Martinez les choses se comptent en temps volé et en temps perdu, chez eux c'est de malédiction qu'il s'agit.

En passant devant la tombe de Martinez je verrai qu'il avait un prénom, je crois qu'Irène ne le savait pas non plus. Martinez, tout le monde l'appelait toujours Martinez. On pourrait se demander comment elle a fait pour vivre aussi longtemps à ses côtés sans jamais l'avoir appelé par son prénom ; tout simplement parce qu'elle ne l'a jamais vraiment rencontré, elle a fait ce que font beaucoup de gens, vivre avec quelqu'un, parce que même moins forts à deux on est déjà moins seul.

Déambulations

La rue de la Gaîté, vue de l'avenue du Maine.

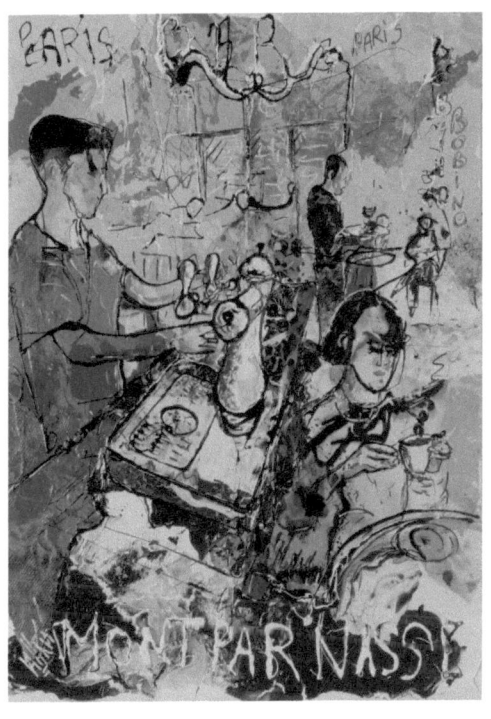

Il suffit de lever les yeux vers les grands miroirs pour voir l'envers du décor. Du bistrot des faubourgs au grand café des boulevards on est toujours seul et heureux de l'être si on le décide.

Saintes.

La Charente vue du pont de l'avenue de la Saintonge avant d'arriver à l'atelier.

La Fontaine Wallace.

Au petit matin au 11 boulevard Edgar Quinet je me suis souvent désaltéré. C'est à l'école buissonnière en plein Paris que j'ai appris à boire aux fontaines.

Le temps du peintre n'est pas celui effréné de la rue. C'est au bord du comptoir que le temps affleure avant les couleurs du prochain grand large.

« Tu sais Lulu les traînées blanches laissées par les avions dans le ciel sont des chemtrails. Ce sont des agents chimiques et bactériologiques déversés sur nos têtes. »

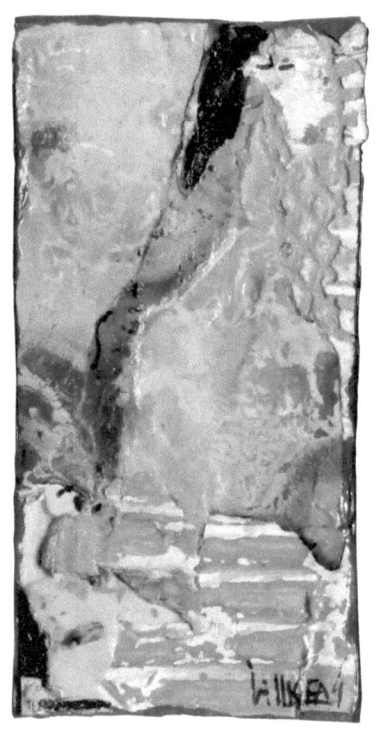

Escalier menant aux Arènes de Saintes.

Tempête à Royan. Huile et encre. Aucune détérioration apparente.

Gustave Courbet n'a jamais peint d'anges parce qu'il disait n'en avoir jamais vus. Pourtant moi j'ai peint Martinez avec ses grosses mains. C'est pas parce que la réalité n'existe pas qu'il ne faut pas la peindre, ni même la raconter.

Saintes.

Vue de mon atelier la nuit où j'ai peint le portrait d'Irène.

Depuis sa dernière demeure quand il faisait beau Martinez avait vue sur la tour Montparnasse, juste avant son décollage.